KB054678

공자
孔子

인생과 삶의 지혜

임진호 · 김소정 편

글터
GEUL TER

머리말

인류 역사상 가장 많이 읽힌 책 두 가지를 꼽으라면 당연히 『논어論語』와 성서를 떠올리지 않을 수 없다. 성서가 서양에 미친 영향을 가늠할 수 없듯이 『논어』가 동아시아 사회에 미친 영향 또한 헤아릴 수 없을 만큼 크다. 따라서 지난 2500년 동안 『논어』에는 수많은 학자나 사상가들의 주석과 해석이 첨가되어 왔으며, 오늘날에 와서도 『논어』의 인기는 식지 않고 있다. 이처럼 『논어』가 고전으로 평가받는 이유는 그것이 시대를 뛰어넘는 보편적인 가치를 지니고 있기 때문일 것이다. 그렇다면 『논어』가 지니는 그런 가치는 과연 무엇일까? 그것은 바로 일상생활 속에서 덕을 닦아 인을 이룬 인격자가 자신의 인격을 바탕으로 사회를 올바른 방향으로 이끌 수 있다는 실현 가능한 인간성을 제시했기 때문일 것이다. 사라져 가는 우리의 미풍양속과 윤리를 아쉬워하면서, 사회 구성원들의 비도덕적인 행위가 판치고 윤리가 극도로 추락되고 있는 현 시점에서 인류의 스승이라고 할 수 있는 공자와 그 제자들의 사상적 교훈은 오늘날의 도덕적 위기를 극복하고 새로운 정신문화를 형성하는 데 큰 지주가 되리라 생각한다.

그렇다면 『논어』란 도대체 어떤 책인가? 『논어』에 수록된 내용은 공자의 말을 위주로 하고 있지만, 그가 직접 쓴 작품은 아니고 그의 제자들 혹은 제자들의 제자들이 편집한 것이라고 전해지고 있는데, 이 점에 관해서는 학계에서도 다른 견해를 보이지 않는다. 공자에게는 많은 제자가 있었다고 하는데, 그렇다면 누가 먼저 편찬을 시작하였느냐 하는 의문점이 생긴다. 이 점에 대해서 어떤 이는 증삼으로부터, 어떤 이는 중궁으로부터, 또 어떤 이는 금뢰로부터 시작되었다고 하여 그 설이 분분하나, 전하는 사적에서 이와 관련된 명확한 내용을 찾아 볼 수 없어 정확하게 고증할 수는 없다. 그러나 한 가지 분명한 사실은 『논어』의 완성이 결코 한 사람의 손에서 이루어지지 않았으며, 공자가 세상을 떠난 후 대략 전국시대에 완성되었다는 점이다.

『논어』 이외에 공자와 그의 제자들에 관한 언행은 『예기』, 『좌전』 등의 유가경전과 각종 위서緯書를 비롯하여 『장자』, 『열자』, 『여씨춘추』 등과 같은 전국시대 이전의 제자서와 한대의 『회남자』, 『설원』, 『신서』 등과 같은 서적에도 적지 않게 보인다. 그러나 그중에는 허황된 내용의 고사도 담고 있어 사실성에 대해서는 의심이 가지만, 『논어』에 포함되지 않은 공자와 그의 제자들에 관한 이야기를 전하고 있어 공자를 이해할 수 있는 또 하나의 중요한 인류사적 가치를 지니고 있다고 생각한다. 일찍이 『사기』에서 공자는 일생 동안 삼천여 명의 제자를 가르쳤으며, 그중에서 육예에 통달한 제자가 72명이나 된다고 기록하고 있다. 이 기록에는 행적이 비교적 자세하게 남아있는 제자들도 있지만, 단지 이름만 남은 제자들도 있다. 공자와 제자들의 행적을 가장 잘 알 수 있는 『논어』에서 조차도 그 이름을 찾을 수 있는 자는 모두 36명이며, 그 중에서 그 언행을 알 수 있는 사람은

26명 정도에 불과하다. 사실 후대에 공자가 성인으로 추앙받게 된 데에는 이 제자들의 공헌이 지대하였다. 공자의 학문을 충실히 계승하여 세상에 전파하고자 노력한 제자들이 없었다면 그의 사상은 당대에 사라질 찻잔 속 태풍에 불과하였을지도 모를 일이다. 그럼에도 불구하고 우리는 공자와 그 제자들의 사상과 그 행적을 체계적으로 이해하는 데 너무 인색하고 무관심하였던 것 같다. 따라서 지금 이 책을 편집하고자 하는 목적은 고사의 형식을 통하여 『논어』와 공자, 그리고 그의 제자 및 그들의 사상을 이해함으로써 중국 전통문화에 대한 보다 깊은 이해를 구하는 데 있다.

본서의 편집 원칙은 『논어』를 중심으로 하면서, 선진시대와 양한시대의 서적 가운데 공자 또는 공자와 관련된, 그리고 공자의 제자와 관련된 고사들을 모아 독자들이 이해하기 쉽게 사람을 대하는 도리, 올바른 정치의 도, 어진 선비의 정신, 효성과 공경, 자기성찰과 자세, 학문의 도 등으로 장을 나누어 다시 고쳐 써 놓았다. 이것은 다만 우리의 시도일 뿐이며, 『논어』를 어떻게 읽을 것인가는 독자 여러분에게 달려 있다. 이러한 자료들이 독자들로 하여금 공자와 그 제자들의 행적과 사상, 사적의 전모를 밝혀줄 텍스트들의 외연이 한층 더 확장되기를 기대해보며, 이 책을 문헌에서 새롭게 정리해 출간한다.

2018년 10월

학사제에서

차례

올바른 정치의 도 • 51

어진 선비의 정신 • 113

효성과 공경 • 167

학문의 도 • 235

공자께서 말씀하셨다.

"자신을 바르게 하는 것이 남을 변화시킬 수 있는 시작이다."

孔子

孔子

사람을 대하는 도리

01

공자가 예로써 안영을 배웅하다

안자晏子, 안영가 노나라에 사신으로 오게 되자, 공자는 자공에게 안자가 행하는 예법을 보고 오라고 하였다.

자공이 돌아와 공자에게 말하였다.

"누가 안자가 예를 안다고 말하였습니까? 예법에 의하면, 층계를 오를 때에는 자신의 신분에서 벗어나서는 안 되며, 당상堂上, 대청 위에서는 큰 걸음으로 빨리 걸어서는 안 되며, 옥기玉器, 옥그릇를 받아 들었을 때는 무릎을 꿇어서는 안 되는 법이거늘, 안자가 행동한 것은 이와 정반대였으니, 누가 안자를 보고 예를 아는 사람이라고 말했습니까?"

안자가 노나라 임금과의 일을 마치고 나와 공자를 방문하였다. 그러자 공자가 안자에게 물었다.

"예에 의하면, 층계를 오를 때에는 자신의 신분에서 벗어나서는 안 되며, 당상에서는 큰 걸음으로 빨리 걸어서는 안 되며, 옥기를 받아 들었을 때는 무릎을 꿇어서는 안 되는 법인데, 선생께서는 어찌 이와 정반대의 행동을 하셨던 것입니까?"

안자가 말하였다.

"제가 듣건대, 대당상大堂上에는 각기 군신君臣의 위치가 따로 있으며, 임금이 한 걸음 걸으면 신하는 두 걸음 걷는다고 들었습니다. 그런데 임금께서는 빨리 걸어 나오시고 저는 층계에서 벗어날 수 없었기 때문에, 당상에서 빨리 물러 나와 제자리로 돌아오게 되었던 것입니다. 또 임금께서 옥기를 주실 때 허리를 굽히고 낮게 주셨기 때문에 어쩔 수 없이 무릎을 꿇었던 것입니다. 저는 예법이 큰 테두리는 벗어날 수 없으나 작은 테두리에서는 경우에 따라 조금씩 조절될 수 있다고 들었습니다."

공자는 안자가 떠날 때, 귀한 손님을 배웅할 때처럼 정중한 예를 행하였다. 그리고 집에 돌아와 제자들에게 말하였다.

"죽은 예법에 얽매이지 않고 상황에 맞게 예를 운용할 줄 아는 사람은 오직 안자 한 사람뿐이다."

— 『안자춘추晏子春秋 · 내편잡상內篇雜上』

02

공자가 마부를 보내 말을 찾아오게 하다

공자가 여행을 할 때, 말 한 필이 별안간 고삐를 끊고 길옆 밭에 들어가 곡식을 뜯어먹는 일이 일어났다.

이를 본 농부가 크게 화를 내며 말을 붙잡아 두고는 돌려주지 않았다. 자공이 농부를 설득하려 했으나 농부는 무슨 말을 해도 꿈쩍하지 않았다. 공자가 말하였다.

"그 사람이 듣고 싶어 하지 않는 말로써 사람을 설득하는 일은 마치 태뢰太牢, 나라에서 제사를 지낼 때, 제물로 소를 통째로 바치던 일를 야수에게 먹게 하고, 구소九韶, 중국 고대 순임금 때의 음악. 아홉 곡으로 끝나는 데서 붙여진 이름를 날아다니는 새들에게 들려주는 것과 같다. 이는 나의 잘못이지 다른 사람의 잘못이 아니다."

공자가 마부에게 농부를 설득해보라고 부탁하자, 마부가 농부에게 말하였다.

"당신은 동해 끝에서 서해 끝에 이를 정도로 넓은 땅을 가지고 있으니, 내 말이 뛰어봤자 당신 밭을 벗어날 수 없지 않습니까?"

이 말을 들은 농부는 기뻐하며 말을 되돌려 주었다.

—『회남자淮南子·인간훈人間訓』

03

빨래하는 처녀를 시험하다

공자가 초나라에 이르러 아곡阿谷이라는 계곡에 가게 되었는데, 한 처녀가 그곳 물가에서 옥으로 만든 비녀를 머리에 꽂고 빨래를 하고 있었다.

공자는 손가락으로 처녀를 가리키며 자공에게 말하였다.

"저 처자와 이야기를 나눌 수 있겠느냐?"

공자는 이렇게 말을 한 후 행낭 주머니에서 술잔을 꺼내 자공에게 건네주었다.

"가서 물을 얻어 오면서 저 처자와 이야기를 나누어 보거라. 그리고 처자가 무어라 하는지 잘 들어 보거라."

자공이 처자에게 가서 말을 걸었다.

"저는 북쪽에서 온 사람으로 초나라로 가려고 합니다. 날씨가 너무 더워 목이 말라 물을 한 잔 얻을까 하는데, 괜찮겠습니까?"

그러자 처자가 말하였다.

"이 아곡阿谷의 계곡물은 주변 지형에 갇혀 천천히 흘러갑니다. 물이 어떤 때는 깨끗하고 어떤 때는 흐리기는 하나 끝내는 대해大海까지 흘러갑니다. 그러나 만일 물을 마시고 싶으시다면 마시도록 하세요. 제게 물어 볼 것이 뭐 있겠습니까?"

말은 이렇게 하였지만 처자는 자공의 잔을 받아 물을 받기 시작하였다. 몇 번이나 흐린 물을 피해 깨끗한 물을 뜨고자 했으나 뜻대로 되지 않았다. 가까스로 물 한 잔을 받은 처자는 곧바로 자공에게 주지 않고 잔을 모래 위에 올려놓은 다음 말하였다.

"죄송합니다. 예법에 따르면 남녀가 직접 물건을 주고받을 수 없습니다."

자공 역시 이치에 맞는다고 생각하여 아무 말도 하지 않고 돌아와서 공자에게 방금 전에 있었던 일을 이야기하였다. 공자가 말하였다.

"알겠다. 너는 더 이상 아무것도 말하지 말거라."

이어서 행낭 주머니에서 거문고를 꺼내어 현弦을 조율하는 전축轉軸을 떼어낸 후, 자공에게 주면서 말하였다.

"이 거문고를 가지고 가서 처자와 다시 한 번 이야기를 나누어 보거라. 그리고 저 처자가 무어라 말하는지 잘 들어 보거라."

자공이 공자의 명을 받고 다시 그 처자에게 가서 말하였다.

"방금 당신의 말이 마치 시원한 바람이 얼굴을 스치고 지나가는 듯하여 내 마음이 상쾌하다오. 내가 가져온 거문고는 현弦을 조율하는 전축轉軸이 없어 당신의 섬섬옥수를 빌려 음을 조율하고 싶은데, 그대가 어떻게 생각할지 모르겠구려."

처자가 대답하였다.

"저는 일개 산촌의 여인으로, 견문이 좁을 뿐 아니라 분별력이 없어 무엇이 오음五音인지도 알지 못하는데, 어찌 거문고를 조율할 수 있겠습니까? 이것은 오리가 올라앉는 횃대가 아닙니까?"

자공은 할 수 없이 다시 돌아와 공자에게 처자와 나눈 이야기를 들려주었다. 그러자 공자가 말하였다.

"알겠다. 너는 더 이상 말하지 말거라."

공자는 다시 행낭 주머니에서 거칠면서도 세밀하게 짠 마포麻布 삼베 다섯 필을 꺼내어 자공에게 주면서 말하였다.

"저 처자와 다시 한 번 이야기를 나누어 보거라. 그리고 저 처자가 무어라 말하는지 잘 들어 보거라."

자공이 또 다시 처자에게 가서 말하였다.

"여기 다섯 필의 마포를 당신에게 주고자 하나 그대에게 직접 건네줄 수가 없으니 다만 물 위에 올려놓을 수밖에 없구려."

처자는 조금 불쾌한 듯 말하였다.

"당신은 나그네의 몸으로 상상도 할 수 없는 일을 하시는군요. 아무 이유 없이 자신의 재물을 남에게 준다는 것은 그 물건을 황량한 산야에 버리는 것과 같으며, 또 나처럼 젊은 사람이 어찌 함부로 당신의 물건을 받을 수 있단 말입니까? 지금 힘센 장사가 남모르게 저를 지키고 있으니 어서 이곳을 떠나시오. 만일 제 말을 듣지 않고 있다가 낭패를 당해도, 저는 책임지지 못합니다."

자공이 돌아와 공자에게 이 이야기를 하자 공자가 말하였다.

"내 이미 알았도다. 저 처자가 세상 이치에 통달한 여인이라는 것을!"

—『한시외전韓詩外傳』 권1 제3장, 『열녀전列女傳』

04

공자의 친구를 사귀는 도

공자에게는 오랜 친구가 하나 있었는데, 이름은 원양原壤이었다. 원양은 당시의 예절에 조금도 구애받지 않고 거침없이 행동하였을 뿐 아니라, 걸핏하면 고의로 트집을 잡아 공자를 곤란하게 하였는데, 마치 손톱 밑의 가시와 같은 인물이었다.

공자가 일찍이 지팡이로 그의 다리를 치며 탄식하며 말하였다.

"이 사람아! 젊었을 때부터 예의를 모르고, 커서도 이처럼 무례하게 구니, 무슨 발전이 있겠는가? 아무런 한 일도 없이 늙어서 밥만 축내고 있으니 정말 악귀와 다름없네."

공자는 비록 말은 이렇게 하였지만 그들의 우의를 매우 중요하게 여겨, "서로 도가 달라 함께 도모하지는 못한다."고 말은 했지만, 친구와의 뜻이 같지 않다고 해서 그들의 우의를 저버리지 않았다.

원양의 어머니가 돌아가시자, 공자는 그를 도와 장사를 치르고자 하였다. 그러나 원양은 관 위에서 미친 듯이 날뛰며 관을 두들기고 시시덕거리며 공자에게 달려들어 노래를 불렀다. 그러나 공자는 원양의 괴이한 행위가 그저 자신이 주장하는 극기복례克己復禮, 자기를 극복하여 예로 돌아감를 반대하기 위한 것임을 알고 있었다. 그렇기 때문에 공자는 못 본 척, 못 들은 척, 벙어리가 된 듯 아무 말도 하지 않고 그의 괴이한 행동이 멈추기만을 기다렸다. 그러자 오히려 수행하던 제자들이 공자에게 참지 못하여 화를 내며 말하였다.

"선생님, 이런 친구와 절교해서는 안 된다고 말씀하시지는 않으시겠지요?"

공자는 조금도 화를 내지 않고 미소를 지으며 대답하였다.

"너희들 역시 처음부터 친한 사람과는 서로 친하게 지내지 않느냐? 오랜 친구는 누가 뭐라 해도 역시 오랜 친구니라."

공자는 이와 같은 사람이었다. 항상 자신의 언행을 가지고 제자들을 교육하였고 친구와 화목하게 지냈다. 만일 친구가 죽었는데 장사를 지내줄 사람이 없으면, 자진하여 일을 책임지고 처리하였다. 공자는 다른 사람을 번거롭게 하는 사람은 교양이 없는 사람이라고 여겼다. 그래서 덕이 높은 사람은 당연히 자신에게 엄격해야 한다는 것을 강조하였다.

"군자는 여러 사람들과 화합해도 함께 하지 않으며, 소인은 함께 해도 여러 사람들과 화합하지 않는다."고 하였는데, 이 말은 덕이 있는 사람은 사람들과 조화를 이루고 함께 잘 지내지만 맹목적으로 부화뇌동附和雷同, 아무런 주관 없이 남의 의견이나 행동에 덩달아 따름하지는 않으며, 소인은 오히려 맹목적으로 부화뇌동할 뿐 서로 화합하지 못한다는 것을 이른 말이다. 이것이 공자가 그의 친구인 원양과 서로 우정을 유지하는 비결이었다.

공자가 말한 친구를 사귀는 도는 우리들이 마땅히 힘써 배울 만한 것이다. 그는 세 부류의 유익한 친구와 세 부류의 해를 끼치는 친구에 대해 언급하였다. 전자는 정직한 사람, 성실한 사람, 견문과 지식이 넓은 사람을 이르고, 후자는 거짓말하는 사람, 남에게 아첨하는 사람, 교언영색巧言令色, 아첨하는 말과 알랑거리는 태도을 잘하는 사람을 이른다.

친구를 사귀는 것도 지식을 배우는 것과 마찬가지로 낙관적인 태도와 적극적이고 진취적인 정신을 취한다면 성공하지 못할 것이 없을 것이다. 공자는 이렇게 말하였다.

"배우고 때때로 익히면, 또한 즐겁지 아니한가!
벗이 먼 곳에서 찾아오니, 또한 즐겁지 아니한가!
남이 나를 알아주지 않아도 화를 내지 않는다면, 또한 군자가 아니겠는가!"

이 말은 지식을 배우고 난 뒤 언제나 그것을 다시 익히는 것은 즐거운 일이며, 친구가 먼 곳에서 찾아오는 것 역시 즐거운 일이며, 다른 사람이 나를 이해해주지 않아도 화를 내지 않는다면, 이는 도덕과 수양이 높은 사람이라고 할 수 있음을 나타내는 말이다.

—『논어論語 · 헌문편憲問篇』, 『예기禮記 · 단궁하檀弓下』

05

공자가 총애하던 개를 장사 지내다

공자는 개 한 마리를 키웠는데 집을 잘 지키고 충성스러워 매우 총애하였다. 일찍이 공자가 가난했을 때 항상 공자 곁을 지키며 떠난 적이 없었기 때문에 서로 간에 정이 매우 깊었다. 그러나 생물이란 삶이 유한한 것이 자연의 이치인지라, 공자가 총애하던 개 역시 어느 날 공자의 발아래에서 그 생명을 다하고 말았다. 공자는 몹시 상심하여 제자인 자공을 불러 땅을 파고 개를 묻어주라고 하였다. 자공이 죽은 개를 안고 나갈 때, 공자는 자공에게 재삼 부탁하며 말하였다.

“전에 옛사람들에게 들었는데, 집안에서 사용하던 장막이 해지면 함부로 버리는 것이 아니라 죽은 말을 싸서 묻는다고 하였고, 수레의 덮개가 해지면 그것으로 죽은 개를 싸서 묻는다고 하였다. 내가 지금 너무 가난하여 해진 수레 덮개조차 없으니 내가 깔던 해진 자리라도 가져가서 함께 묻어주되, 개의 머리가 밖으로 나오지 않게 해주었으면 좋겠구나.”

공자는 이처럼 생명을 아끼고 소중히 여기는 마음씨를 가지고 있었다. 공자가 개를 장사 지낸 고사는 생명을 존중하는 공자의 신념과 인애에 대한 관념을 구체적으로 표현한 것이라 할 수 있다.

『논어論語』의 기록에 의하면, "공자는 오직 낚시질만 하였지 그물을 이용해 고기를 잡지 않았으며, 새를 사냥할 때도 상처를 입고 둥지에서 쉬는 새는 잡지 않았다"고 하였으니, 공자가 추구하는 인의가 동물에까지 미치고 있음을 알 수 있다.

—『예기禮記·단궁하檀弓下』

06

길흉화복은 사람에게 달려있다

역사에 관한 다음의 몇 가지 이야기는 공자가 제자들에게 들려준 내용이다.

상商나라 말년에 상왕商王 제신祭臣이 정치를 맡고 있었다. 이 제신은 우리들이 늘 말하는 상나라 주왕紂王으로서 그는 어느 누구와도 비교할 수 없을 만큼 힘이 세어 맨손으로 야수와 싸울 수 있었으며, 생각도 아주 민첩하여 당시에 그보다 더 총명한 사람이 없었다. 이 때문에 그는 대신이 간하는 말을 듣지 않고, 늘 주색에 빠져 음탕하고 난폭하게 굴면서도 늘 자신이 옳다고 여겼다.

당시 상 왕조 조정에서는 이상한 일이 발생하였다. 참새 한 마리가 도성의 성벽 모퉁이에다 까치 알을 낳은 것이다. 과학이 발달한 지금의 관점에서 보면, 이는 그다지 이해하기 어려운 일이 아니다. 몇몇 새들은, 예를 들어 두견은 참새와 같은 새들의 둥우리 속에 자신의 알을 낳고 그 둥우리의 새가 알을 부화시켜 키우도록 한다. 참새의 둥우리 속에서 까치 새끼가 부화한 것은 아마도 이런 이유에서였을 것이다. 그러나 신을 섬기고 귀신을 경외하던 상나라 사람들에게 이것은 평범한 사건이 아니었다. 그래서 상왕 제신은 점복을 주관하는 관리를 불러 점을 치도록 명령하였다. 점복관은 점을 친 결과를 제신에게 아뢰었다.

"대저 작은 것이 큰 것을 낳았다고 하는 것은 국가가 번성할 것이라는 징조입니다. 따라서 대왕의 입장에서는 길상이니, 대왕의 명성이 영원토록 떨치게 될 것이라는 매우 좋은 의미입니다."

제신은 이 말을 듣고 기뻐하며 자신이 덕행을 갖춘 명군임을 더욱 자부하게 되었고, 이때부터 더욱더 제멋대로 행동하면서 조정을 다스리지 않았다. 일이 이렇게 되자 백성들의 원성은 높아져 갔고 마침내 인심이 등을 돌려 결국 상 왕조가 멸망하게 되는 지경에까지 이르렀다.

공자가 말한 두 번째 이야기는 다음과 같다.

상왕의 또 다른 왕인 무정武丁이 즉위했을 때는 상 왕조의 중기로, 쇠퇴기에 접어들기 시작할 때였다. 당시 조정 앞에 뽕나무 싹이 하나 돋아 나왔는데, 이것은 칠 일이 채 못되어 서까래를 만들 수 있을 정도의 커다란 나무로 자랐다. 이 일을 이상하게 여긴 무정은 점복관에게 점을 쳐보도록 명하였다. 점복관은 거북 껍질에 구멍을 뚫고 불로 지져 무늬를 낸 다음 자세히 살펴본 후 무정에게 아뢰었다.

"뽕나무는 본래 들판에서 자라는 것인데 지금 조정의 마당에서 자랐습니다. 이는 앞으로 조정이 들로 변하여 장차 국가가 망할 것이라는 징조인 것 같습니다."

무정은 매우 놀라서 그때부터 자신을 더욱 엄격하게 다스리는 한편 부지런히 국가를 다스려 백성들을 안정시켰다. 이렇게 하기를 삼년, 마침내 상왕조가 다시 부흥하기 시작하였다.

공자는 이 두 가지 고사를 이야기한 후에 제자들에게 말하였다.

"국가의 존망과 개인의 화복은 모두 자신이 어떻게 하느냐에 있는 것이지, 하늘이 어떻게 하느냐에 달려있는 것이 아니다. 하늘의 이치를 거슬러 일을 하게 되면 아무리 좋은 징조라 하더라도 나쁜 징조로 변할 수 있는 것이고, 하늘의 이치에 따라 일을 하게 되면 설사 나쁜 일이라 하더라도 좋은 일로 바뀔 수 있는 것이다. 하늘이 재앙을 내리는 것은 천자와 제후가 정사에 부지런히 힘쓸 것을 경고하는 것이고, 불길한 꿈은 대신들이 천자를 잘 보좌하여 백성들에게 해를 입히지 말 것을 경고하려는 것이다. 옛말 가운데 이를 표현할 만한 적당한 말이 하나 있는데, 바로 '하늘이 지은 재앙은 피해갈 수 있지만, 사람이 스스로 지은 재앙에서는 살아날 수 없다.'는 말이다. 이 말이 바로 말하고자 한 이치이다."

—『설원說苑 · 경신敬愼』

07

대현자가 불을 밟고 물속에 들어가다

진나라의 범씨范氏에게는 자화子華라는 아들이 있었다. 그는 협객의 무리들을 훈련시키는 데 뛰어나 나라 전체가 그에게 복종하였다. 그는 임금의 총애를 깊이 받았으나 관리가 되지는 않았다. 그러나 그의 권력은 정권을 잡은 재상들보다도 컸다. 만약 그가 어떤 사람을 마음에 들어 하면 그 사람은 바로 벼슬이 높아지고 재산을 모을 수 있었으며, 마음에 들어 하지 않는 사람이라면 즉시 벼슬을 그만두게 할 수 있었다. 때문에 그의 집에 와서 청탁을 하는 사람이 이루 헤아릴 수 없을 정도로 많아 그의 집은 조정과 다를 바 없었다.

자화가 수하의 협객을 부리는 데는 특별한 방법이 있었다. 그것은 똑똑한 자들을 서로 업신여기게 하는 것이었는데, 그들이 서로 다투다 심하게 다쳐도 전혀 개의치 않았다. 그의 이러한 사람 부리는 방법은 후에 진나라의 풍속이 되었다.

화생禾生과 자백子伯은 범씨의 귀한 손님이었다. 한번은 그들이 출타하여 들판을 지나다가 농부인 상구개商丘開의 집에 머물게 되었다. 한밤중에 화생과 자백은 자화의 명성과 권세에 대해 이야기하면서, 그가 산 사람을 죽게 할 수도 있고 죽은 사람을 살릴 수도 있으며 부유한 사람을 가난하게 만들 수도 있고 가난한 사람을 부유하게 만들 수도 있다는 이야기를 주고받았다.

상구개는 상에 그릇이나 수저를 놓을 수 없을 정도로 곤궁하였는데, 마침 북쪽 창밖에서 이들의 이야기를 엿듣게 되었다. 후에 상구개는 식량을 빌려 광주리에 지고 나갔다. 자화의 문도門徒들은 모두 명문세가 출신으로, 화려한 비단옷을 입고 큰 수레를 타고 활보하며 방약무인傍若無人곁에 사람이 없는 것처럼 아무 거리낌 없이 함부로 말하고 행동하는 태도하는 사람들이었다. 그들은 상구개가 나이가 많고 힘이 약하며 얼굴이 검고 의관이 단정하지 않은 모습을 보고 업신여겨 상구개의 목덜미를 쥐고 짓궂게 괴롭혔다. 상구개가 그들이 업신여기는 것을 참으며 화를 내지 않자, 마침내 그들도 상구개를 괴롭히고 비웃는 일에 싫증을 느끼게 되었다. 어느 날 범씨네 무리들이 높은 누각에 올라 정원에 모인 많은 사람들을 향하여 큰소리로 말하였다.

"높은 누각에서 뛰어 내릴 수 있는 사람에게는 상으로 백금을 주겠다."

상구개는 그 말을 진짜로 믿고 첫 번째로 뛰어 내렸는데, 그 모양이 마치 새가 가볍게 땅에 내리는 것과 같아서 뼈에 전혀 손상을 입지 않았다. 범씨네 무리들은 이것을 우연일 뿐이라고 생각했다. 그들은 다시 소용돌이가 치는 깊은 연못을 가리키면서 말하였다.

"물속에 진귀한 진주가 있는데, 헤엄칠 수 있는 사람은 그것을 얻을 수 있다."

상구개가 또 물속에 뛰어 들었고, 그가 수면 위로 나왔을 때 과연 손에 진주를 쥐고 있었다. 그러자 사람들은 넋이 나가 상구개의 능력에 대해 반신반의하였다. 결국 자화는 상구개를 그들의 무리에 받아들여 겨우 말석에 배석시켰다.

며칠이 지난 후 범씨네 집 창고에서 불이 나자 자화가 말하였다.

"만약 불 속에서 재물을 꺼내올 수 있다면 꺼내온 만큼 상을 줄 것이다."

이때도 상구개의 용맹은 막을 수 없었다. 그는 전혀 두려워하는 기색 없이 불바다 속을 들어갔다 나왔다 하며 재물을 꺼내왔으나, 그의 몸은 터럭 하나도 상하지 않았다. 마침내 범씨네 무리는 상구개가 덕행 있는 사람이라 생각하여 모두가 자신들의 지난 잘못을 사과하였다.

"우리는 눈을 가지고 있어도 태산을 알아보지 못했고 선생께서 이렇게 훌륭한 덕행이 있는 줄도 모르고 선생을 기만하였으며, 또 이렇게 비범하신 분인 줄 알아보지 못하고서 선생을 모욕하였습니다. 하지만 선생께서는 오히려 우리들을 꾸짖거나, 바보로 여기지 않으시고, 또한 귀머거리나 장님으로도 보지 않으셨습니다. 선생께서는 무슨 남다른 재간이라도 갖고 계시는지요?"

상구개가 말하였다.

"저에게 무슨 남다른 재간이 있겠습니까?" 사실대로 말씀드리자면, 저 자신조차도 그러한 까닭을 잘 모릅니다. 다만 느낀 바가 하나 있는데, 괜찮으시다면 말씀드리지요. 예전에 화생과 자백 두 분이 저의 누추한 집에 묵으셨을 때 입을 모아 범씨의 위세를 칭찬하시면서 산 사람을 죽게 할 수도 있고, 죽은 사람을 살릴 수도 있으며, 부유한 사람을 가난하게 만들 수도 있고, 가난한 사람을 부자로 만들 수도 있다고 말씀하시는 것을 들었습니다. 저는 이 말을 믿고 의심치 않았기 때문에 두려움 없이 이곳에 올 수 있었습니다. 여기에 와서도 여러분들이 말하는 것을 모두 사실이라고 믿었습니다. 다만 두려웠던 것은 사실을 믿고 실천함에 있어 행동이 따르지 못해 수족을 어디에 놓아야 좋을지 알지 못하는 것이었습니다. 그래서 성심을 다하였습니다. 오늘에야 비로소 여러분들이 저를 희롱했다는 것을 알고 마음속에 의심과 근심이 생겼습니다. 예전에 여러분들의 말을 듣고 불 속에 뛰어들었으나 불에 데지 않았고, 물속에 뛰어들었으나 빠지지 않았던 것이 참으로 다행으로 느껴집니다. 지금 정신을 차리고 보니 마음속에 두려움이 생겼습니다. 그러니 앞으로 어떻게 다시 물과 불속에 뛰어들 수 있겠습니까?"

이후로 범씨의 문도들은 길에서 우연히 걸인을 만나더라도 감히 모욕을 주지 않았으며, 반드시 수레에서 내려 예를 갖추었다고 한다.

재아가 이 일을 듣고 스승인 공자에게 알렸다. 이야기를 듣던 공자가 다음과 같이 말하였다.

"잘 모르겠느냐? 신의가 있는 사람은 만물을 감응 시킬 수가 있느니라.

천지를 움직이고 귀신을 감동시키고 천하에 거리낌이 없는 사람이 하는 위험한 일이 어찌 물과 불에 들어가는 일 한 가지뿐이겠느냐."

—『열자列子 · 황제편黃帝篇』

08

사람을 알아보는 것보다 더 어려운 지혜는 없다

위나라 장군 문자文子가 자공에게 물었다.

"내가 듣기로 공자는 가장 먼저 제자들에게 시편을 외게 하여 시세時世, 그때의 세상를 토론토록 하고, 부모에게 효도하고 어른을 공경하도록 이끌 때에는 의리로써 가르치며, 예법 속에서 다른 사람들을 관찰하고 도道와 예藝, 그리고 덕행으로 자신의 인격을 성취하도록 가르친다고 들었습니다. 그런 공자의 가르침을 받은 사람들은 대략 칠십 명이 넘는다고 하는데, 그 제자들 가운데 누가 가장 현명하고 재능이 있습니까?"

이에 자공이 잘 모르겠다고 대답하자, 문자가 다시 물었다.

"그대는 일찍이 공자의 문하에서 배웠는데 어째서 잘 모른다고 하는 것이오?"

자공이 대답하였다.

"다른 사람의 유능함을 칭찬할 때에는 함부로 말을 해서는 안 되는 것입니다. 유능함을 이해하는 것은 매우 어려운 일이기 때문입니다. 그러므로 사람을 알아보는 일보다 더 어려운 지혜는 없다고 들었습니다. 이 때문에 대답을 드리기가 매우 곤란합니다."

그러자 문자가 말하였다.

"현인을 이해한다고 말을 하면서 곤란을 느끼지 않는 사람은 아마도 없을 것이오. 그대가 공자의 문하에서 수학하였기 때문에 감히 물어본 것뿐이오."

자공이 대답하였다.

"제자들은 대개 세 가지를 성취하게 되지만, 어떤 부분은 제가 능히 그들을 따라갈 수 있고, 어떤 부분은 따라가지 못하는 것도 있으니, 모두 안다고 말하지 못하는 것입니다."

문자가 말하였다.

"당신이 따라갈 수 있는 부분을 가지고 그들의 학문이 어떤지 들려주십시오."

자공이 대답하였다.

"일찍 일어나고 늦게 자고, 시편을 읽고 외우고 예법을 숭상하며 똑같은 잘못을 두 번 범하지 않으며, 또한 그리고 말을 함에 있어 구차하게 말하지 않는데, 이는 바로 안연顏淵의 행동입니다. 그래서 공자께서는 『시경詩經』을 인용하여 그에게 말씀하셨습니다. '천자에게 등용되어 총애를 받을 수 있고, 임금의 좌우에서 그의 덕행을 성취할 수 있으며, 그의 효심을 가지고 사람이 지켜야 할 법칙으로 삼을 만하다. 덕행이 있는 임금을 만나게 되면 대대로 큰 벼슬을 받아 등용될 것이다.'

몸은 비록 빈천한 곳에 있지만 공경하기를 객이 찾아온 듯하고, 신하와 아랫사람을 부릴 때에는 마치 다른 사람의 힘을 빌리는 듯하며, 다른 사람에게 화를 내지 않으며, 다른 사람을 원망하지도 않으며, 지나간 허물을 탓하지 않은 것은 바로 염옹冉雍의 행동입니다. 그래서 공자께서는 '토지를 소유한 군자는 등용할 만한 대중이 있고 쓸 만한 형법이 있은 후에 화를 낼 수 있으니, 개인의 분노는 단지 스스로 멸망을 자초할 뿐이다. 또 시작이 있으면 결과가 있을 수 있는 것은 매우 드물다.'라는 두 편의 『시경詩經』을 가지고 그에게 말씀하셨습니다.

강한 상대방을 두려워하지 않고, 홀아비나 과부, 노인을 기만하지 않으며 거짓됨이 없으니 이 얼마나 아름다운 일입니까. 이러한 재주는 군사를 맡기기에 충분합니다. 이는 바로 중유仲由의 행동입니다. 공자께서는 그가 아직 예악의 가르침을 받지 않았다는 사실을 아시고 '하늘이 얼마나 총애하셨으면 용맹을 주고도 모자라 또 용맹함을 보태주셨겠느냐.'라고 말씀하셨습니다. 중유는 지나치게 강하고 용감하여 예악이 그의 본질을 다스리지 못했습니다.

노인을 존경하고 고아를 불쌍히 여기며, 예로써 손님을 대하는 것을 잊지 않고, 배우기를 좋아하여 사물을 자세히 살피면서도 힘들다고 여기지 않는 것, 이것은 염구冉求의 행동입니다. 공자께서는 그에게 '배우기를 좋아하는 것이 바로 지혜이며, 불쌍히 여기는 마음이 인이며, 노인을 공경하면 예에 가까우며, 성실과 후덕함, 그리고 공경하는 마음으로 세상 사람들을 대할 수 있다면 등용되었을 때 당연히 재상의 임무를 맡게 될 것이다.'라고 말씀하셨습니다.

지혜에 통달하고, 예를 좋아하여 두 임금이 회견하였을 때 접대와 의식을 진행하는 일을 맡으며, 도리를 좇아 올바른 예절을 지키는 것, 이는 바로 공서적公西赤의 행동입니다. 공자께서 '지켜야 할 예가 삼백 가지면 배움에 힘써 능할 수가 있으나, 위의威儀, 위엄이 있는 몸가짐이나 차림새가 삼천 가지면 이를 실천하기가 어렵다.'라고 하시자 공서적이 이에 대해 '무슨 뜻입니까?' 하고 물었고, 공자께서는 '의용儀容, 몸을 가지는 태도으로 예제禮制, 상례에 대한 제도를 보조하고, 예제로 법령을 보조하는 것'이라고 말씀하셨습니다. 평소 공자는 다른 사람에게는 '귀한 손님을 접대하는 예를 담당하는 일에 대해서는 공서적이 잘 알고 있다.' 그리고 제자들에게는 '귀한 손님을 접대하는 예를 배우고자 한다면 바로 공서적을 찾아가거라.'라고 말씀하셨습니다.

원만하면서도 자만하지 않고, 있으면서도 없는 것처럼 하며, 뛰어나면서도 미치지 못하는 것처럼 행동하고, 겉으로는 군자인 체하지 않으나 군자의 덕행을 실천하여 말이 성실하고 돈후하며, 모든 사람에게 성실하게 대하며, 언제나 진실한 마음을 다하여 부모를 봉양하여 장수하도록 하였는데, 이것은 증삼의 행동입니다. 공자께서 '효는 도덕의 시작이며, 우애[제悌]는 도덕의 순서이며, 믿음은 도덕의 성실이며, 성실은 도덕의 바른 규범인데, 증삼아! 너의 덕행이 이 네 가지 덕에 모두 부합되었구나!'하며 그를 칭찬하셨습니다.

공적이 있어도 자랑하지 않으며, 높은 지위에 있으면서도 거만하지 않고, 속일 수 있는 일이라도 속이지 않으며, 불쌍한 사람을 능멸하지 않는 것, 이는 전손顓孫의 행동입니다. 공자께서는 '그의 자랑하지 않는 행동은 일반 사람들도 할 수 있는 일이지만, 그가 백성들을 해치지 않음은 바로 인도仁道가 있기 때문이다.'라고 말씀하시고 『시경詩經』의 구절을 인용하여 '온화하고 겸손한 군자는 백성의 부모와 같다.'라고 하셨습니다. 선생님께서는 전손의 어진 마음을 이처럼 아름답게 여기셨습니다. 배움을 깊이 구하고, 성정이 엄격하고 과단성果斷性, 일을 딱 잘라서 결정하는 성질이 있으며, 손님을 맞이하고 보냄에 공경하는 마음을 다하고, 상하를 대할 때 엄격하면서도 절도가 있는 것, 이것은 자하子夏의 행동입니다. 공자께서는 『시경詩經』을 인용하여 '상해를 당하고 파면을 당하는 것은 소인에게 위태로움을 당하는 것'이라고 말씀하셨습니다. 이는 공자께서 자하가 친구를 사귐에 위험에 부딪치지 않을 것임을 말씀하신 것입니다.

비록 높은 벼슬을 준다 하더라도 이 때문에 기뻐하지 않고, 비록 낮은 벼슬을 준다 하더라도 이 때문에 원망하지 않으며, 다만 백성들에게 이로움이 있다면 위에 있는 사람들에게 아껴 쓰게 하고 낮은 자리에 있는 사람들을 도와주는데, 이것은 담태멸명澹台滅明의 행동입니다. 그래서 공자께서 '군자는 홀로 부귀를 누리는 것을 부끄럽게 생각하는데, 이 사람은 바로 이것을 실천하였다.'라고 하셨습니다.

일을 할 때에는 먼저 계획을 세우고서 시작하기 때문에 빠뜨린 것이 없었는데, 이것이 언언言偃의 행동입니다. 그래서 공자께서 '하고자 생각하면 배워야 하고, 알고자 하면 물어야 하며, 잘 하고자 하면 가르침을 청해야 하며, 넉넉하고자 하면 미리 준비해야 하는데, 언언이 이를 실천하였다.'라고 하셨습니다.

혼자 있을 때에는 인도仁道를 생각하고, 관청에 있을 때에는 의리를 이야기하고, 『시경』 「억편抑編」을 듣고서 '백규지점白圭之玷'을 하루에도 몇 번씩 살폈는데, 이것은 남궁조南宮條의 행동입니다. 선생님께서는 그의 인도를 믿으셨기 때문에, 그에게 조카를 시집보내어 사돈을 맺으셨습니다.

공자를 뵌 후로 문을 들어설 때에는 자신의 신발을 다른 사람의 신발 앞에 놓은 적이 없고, 다른 사람의 옆을 지나지 않았으며, 다른 사람의 그림자를 밟지 아니하고, 땅 위에 나와 있거나 땅속에 숨어 있는 벌레를 죽이지 않았으며, 한참 자라나고 있는 식물을 끊어버리지 않았으며, 부모의 상을 지킬 때에도 한 번도 일찍이 이를 드러내고 웃은 적이 없었는데, 이것이 고시高柴의 행동입니다. 그래서 공자께서는 '고시가 부모의 상을 지키면서 한 행동들은 일반 사람들이 하기 어려운 것이다. 땅속에 숨어 있는 벌레를 죽이지 않는 것은 하늘이 생명을 살리는 것을 좋아하는 덕에 부합하는 것이며, 한참 자라고 있는 식물을 끊어버리지 않는 것은 행동의 서도恕道인데, 서恕가 바로 인이다. 상나라 탕왕은 공손하면서도 너그러웠기 때문에 덕행이 날로 높아졌다.'라고 말씀하셨습니다.

이러한 것들은 제가 직접 본 것이지만 당신의 질문에 답하라고 하시면 사실 저는 다른 사람의 현명함을 잘 알지 못합니다."

문자가 말하였다.

"나는 국가의 정치가 깨끗할 때, 현인이 출현하고 바른 사람이 등용되며, 또한 백성들이 귀의한다고 들었소. 그대가 말한대로라면 그들은 정말로 대단히 훌륭한 사람들이니, 모두 제후의 경상卿相, 재상이 되어야 마땅한 일인데, 아마도 아직 훌륭한 임금을 만나지 못한 것 같구려."

자공은 문자와 이야기를 나눈 후, 노나라로 가서 공자를 뵙고 이 일을 고하였다.

"위나라 장군이 저에게 동문들의 행동에 대하여 여러 차례 물어 사양할 수가 없어서 직접 본 것을 가지고 대답하였는데, 제가 대답을 잘 했는지 모르겠습니다. 선생님께 가르침을 청합니다."

이에 자공이 문자와 나누었던 대화를 자세히 고하자, 공자는 다 들은 후에 웃으면서 말하였다.

"사賜야, 너는 정말로 사람을 볼 줄 아는구나."

자공이 대답하였다.

"제가 어떻게 사람을 볼 줄 알겠습니까? 이러한 것들은 제가 직접 본 것일 뿐입니다."

공자가 말하였다.

"네가 직접 본 것은 틀리지 않다. 내 너에게, 네 귀로 일찍이 들은 적이 없고, 네 눈으로 일찍이 본 적이 없으며, 생각해 일찍이 통달한 적이 없고, 또한 네 지혜로 일찍이 깨달아 본 적이 없는 것에 대해 말해주겠다."

자공은 이야기 듣기를 청하였고, 이에 공자가 말하였다.

"이기는 것을 좋아하지 않고 질투하지 않으며 지난날의 원한을 생각하지 않는 것은 아마도 백이와 숙제의 행동일 것이다.

이전에 진 평공이 기해祁奚에게 '양설羊舌대부는 진나라의 훌륭한 대부인데, 그의 행동이 어떠하냐?'라고 묻자 기해가 말을 머뭇거리면서 잘 모른다고 대답하였다. 그러자 평공이 '나는 네가 어려서부터 그곳에서 성장했다고 들었으니, 너는 당연히 모두 알고 있어야 할 것이다.'라고 하였다. 이에 기해는 '그는 어렸을 때 공손하고 순종하였으며 부끄러워하는 마음이 있어서 잘못을 자신의 몸에 남기지 않았습니다. 그가 후에 대부가 되었을 때에는 선한 행동을 하고 겸허하였는데, 이것은 그가 일을 하는 시작입니다. 그가 공거위公車尉가 되었을 때에는 성실하고 정직한 것을 좋아하였는데, 이것은 그의 일에 대한 공입니다. 그는 귀한 손님을 대할 때나 임금의 명을 받들어 사신으로 나갈 때는 온순하면서도 예의에 맞게 행동하였습니다. 그는 박학하면서도 상황에 맞게 응대하였는데, 이것이 그의 지조와 절개입니다.'라고 답하였다. 평공이 '그러하거늘, 방금 물었을 때에는 어째서 모른다고 말하였는가?'라고 묻자, 기해祁奚가 '그는 다른 벼슬을 지낼 때마다 행동을 바꾸었는데, 저는 그가 어디까지 행동을 바꿀지 모르기 때문에 잘 모른다고 대답한 것입니다.'라고 말하였다. 이것이 아마도 양설대부의 행동일 것이다. 천명을 두려워하고 인사를 삼가며, 의리에 부응하고 성실과 믿음을 실천하여 부모에게 효도하고, 어른을 공경하며 선도를 따라 옛 것을 본받기를 좋아한 것이 아마도 조문자趙文子의 행동일 것이다.

임금을 받들어 섬길 때 목숨을 아끼지 않았으며, 또한 의롭지 못한 일로 희생을 하지 않았고, 자신을 위해 친구를 버리지 않았으며, 임금이 덕정을 베풀고자 하면 벼슬길에 나아갔고 그렇지 않으면 물러났던 것은 아마도 수무자隨武子의 행동일 것이다. 사람됨이 침착하고 조용하며, 박학하여 속이기가 어려웠으며, 평소 아무런 걱정 없이 지내다가 나라가 평화로울 때는 새로운 의견을 펼쳐 나라를 발전시켰고, 나라에 도가 쇠하였을 때는 침묵을 지켜 세상이 자신을 찾도록 노력하였는데, 이는 아마도 동제백화桐提伯華의 행동일 것이다.

외모는 너그럽고 온화하며, 마음이 정직하여 예법과 규범을 지키며 자신을 바르게 하고 선도善道로써 자신을 보호하여 서두르지 않고도 나설 때를 찾은 것은 아마도 거백옥蘧伯玉의 행동일 것이다.

노인에게 효도하고 어른을 공경하며, 어린아이를 사랑하고 도덕을 숭상하고 믿으며, 의리를 지키고 재물을 가볍게 여기며, 원망과 악을 없애고자 노력하였는데, 이는 아마도 유하혜柳下惠의 행동일 것이다.

'비록 임금은 신하의 능력을 헤아리지 못하고 등용하지만, 신하는 임금을 헤아려 나아가지 않을 수가 없다.' 그러므로 임금은 신하를 골라 임무를 맡기고, 신하 또한 임금을 골라 받들어 모시며, 임금이 도가 있으면 명령을 따르고 도가 없으면 명령을 저울질하는 것, 이것이 바로 안평중晏平仲의 행동일 것이다.

행동이 공손하고 진실되며, 하루 종일 말을 해도 실수가 없으며, 가난하면서도 안락한 것을 추구한 것이 바로 노래자老萊子의 행동일 것이다.

겸손하고 온화한 행동으로 천명을 기다리며, 낮은 지위에 있으면서 윗사람에게 무례하게 행동하지 않았으며, 사방으로 유랑할 때도 그의 존친尊親을 잊지 않고, 일념으로 존친을 생각하며 기쁨조차 누리지 않았으며, 또한 배울 수 없는 것을 평생 동안의 근심으로 생각하였으니, 이것이 바로 개지추介之推, 혹은 개자추의 행동일 것이다."

—『대대례기大戴禮記 · 위장군문자衛將軍文子』

09

안영이 잠언으로 증삼과 이별을 하다

증삼曾參은 노나라 사람이다. 공자의 제자들 가운데 효도로 이름이 났으며, 일찍이 『효경孝經』이라는 책을 저술하였다. 이 책은 유가儒家, 유교의 학파가 제창한 효도와 종법사상을 담고 있으며, 모두 18장으로 구성되어 있다. 한漢대에 『효경孝經』은 유가의 칠경七經 가운데 하나였다. 하지만 『효경孝經』을 증삼이 지은 것인지 아닌지에 대해서는 후세 학자들의 견해가 일치하지 않고 있다. 그러나 증삼이 효도로 이름이 났다는 것은 전혀 의심할 수 없는 분명한 사실이다. 그는 스승인 공자의 학문과 덕행에 대해 매우 감탄하였으며, 일찍이 다음과 같이 말한 적이 있다.

"나는 선생님의 가르침을 받았으나 완벽하게 실행할 수 없었다. 선생님은 어떤 한 사람의 훌륭하고 선량한 점을 보게 되면 곧 그 사람의 다른 단점은 잊어버리셨는데, 이것은 선생님의 관용寬容, 너그럽게 받아들이거나 용서함적인 표현이다. 선생님은 다른 사람의 장점이 자신과 일치하는 것을 보아도 전혀 질투하지 않으셨으며, 또한 누가 낫고 누가 열등한지를 다투려 하지 않으셨다. 마땅히 해야 할 좋은 일이 있다는 것을 들으시면 친히 가서 배우실 뿐만 아니라 다른 사람을 데리고 가서 배우셨다. 나는 선생님의 여러 장점들을 배우려고 힘썼지만 오히려 늘 제대로 배우지 못했다."

기원전 517년, 공자는 증삼을 비롯한 몇 명의 제자들을 데리고 제나라에 갔다. 공자는 제나라 대신들의 추천으로 임금인 제 경공을 만나 정치에 대해 함께 이야기하곤 하였다. 그 이듬해, 제 경공은 공자에게 봉지封地, 영토, 땅를 주고 직책을 맡길 준비를 하고 있었다. 그러나 제 경공의 생각은 당시 제나라의 노신老臣이었던 안영의 반대에 부딪혔고, 결국 제 경공은 마음이 바뀌어 공자를 더 이상 신임하지 않게 되었다. 이에 공자는 어쩔 수 없이 제나라를 떠나야 했다. 그런데 안영은 공자의 제자인 증삼을 대단히 존중하였고, 안영의 건의로 제 경공은 증삼에게 하경의 직위를 맡기려고 하였다. 그러나 증삼은 단호하게 거절하였다.

증삼이 공자를 따라 제나라를 떠날 때 안영이 앞으로 나와 그에게 작별인사를 하며 말하였다.

"도덕이 있고 학문이 있는 사람과 헤어질 때는 재물을 주기보다 몇 마디 유용한 말을 하는 것이 낫다고 들었습니다. 군자는 거주할 때 좋은 곳을 가려야 하며, 사방을 교유할 때에는 덕행이 훌륭한 지식인을 골라 그와 왕래하여야 한다고 들었습니다. 그 가운데의 도리는 사회 환경이 좋은 곳에 거주해야만 덕행을 갖추고 지식이 있는 군자와 만날 수 있으며, 덕행을 갖추고 지식이 있는 군자를 골라 왕래를 하여야만 서로 배울 수 있으며 많은 도리를 이해할 수 있는 것입니다. 또 사람의 본성을 바꾸려는 것은 지나친 욕망이라고 들었는데 덕이 있는 군자가 되려면 이 방면에 매우 신중하여야 합니다."

증삼은 안영이 들려준 말을 듣고는 매우 기뻐하며 공손하게 그의 가르침을 받아들이겠다는 의사를 표시하였다.

—『설원說苑・잡언雜言』

공자께서 말씀하셨다.

“날씨가 추워진 뒤에야 소나무와 잣나무가 뒤늦게 시드는 것을 알 수 있다.”

孔子

孔子

올바른 정치의 도

10

복자천의 덕행이 엄한 형벌처럼 행해지다

공자의 제자 복자천宓子賤이 노魯나라에서 단부재單父宰, 단보 지역에 상가가 되었을 때의 일이다. 복자천은 단보로 떠나기 전, 노나라 임금이 참언讒言 거짓으로 꾸며서 남을 헐뜯는 말을 듣고 복자천 자신이 단보에서 생각을 펼치는데 어려움을 줄까 우려하여, 임금 신변에 있던 두 사관史官을 데려가기를 요청하였다. 부임지에 도착한 복자천은 두 사관에게 지방에서 일어나는 일들을 기록하게 하였는데, 언제부터인가 사관들이 기록할 때 일부러 팔꿈치를 잡아당겼으며, 글씨를 잘 쓰지 못하면 화를 내고 질색을 하였다. 그러자 화가 난 두 사관이 사직하고 노나라로 돌아갈 것을 청하였다.

복자천이 말하였다.

"너희는 글을 너무 엉망으로 쓴다. 돌아간 후에 잘 연마하도록 하여라."

노나라로 돌아간 두 사관은 이 일을 임금에게 보고하였다.

"복자천은 저희가 글을 쓸 때마다 일부러 잡아당겨 글을 제대로 쓰지 못하게 하고는, 글을 엉망으로 썼다고 몹시 화를 냈습니다. 더구나 함께 있던 하급 관리들이 저희를 비웃었기 때문에 어쩔 수 없이 사직하고 임금께 돌아오게 되었습니다."

노나라 임금은 복자천의 행동을 이해할 수 없어 이 일을 공자에게 물었다. 공자가 다음과 같은 말을 하였다.

"복자천은 군자입니다. 그의 재주와 학식은 패왕霸王, 춘추전국시대에 제후를 거느리고 천하를 다스리던 사람을 보좌할 만합니다. 그는 단보의 낮은 벼슬이 자신을 난처하게 만든다고 생각할 사람이 아닙니다. 제 생각에 복자천은 단보를 다스리는 일을 통하여 정치 경험을 얻으려는 것 같습니다. 그러므로 임금께서는 이 일을 자신에 대한 충언으로 받아들여야 할 것입니다."

노나라 임금은 공자의 말을 듣고 깊이 깨달아 탄식을 하였다.

"이는 과인의 잘못이오. 복자천이 두 사관의 팔을 당긴 것처럼 과인이 복사천의 정사를 일일이 방해하고도 오히려 그의 충심을 질책했으니 말이오. 만일 두 사관이 없었다면 이를 잘 알지 못했을 것이고, 공자 당신이 없었다면 깨달음을 얻지 못했을 것이오."

그리하여 임금은 자신이 가장 총애하는 신하를 사신으로 보내어 복자천에게 전하였다.

"지금부터 단보는 나의 영토가 아니다. 모든 것을 그대의 뜻대로 다스리고 백성들을 편안하게 하는 일이라면 모두 그대가 결정하도록 하라. 다만

5년에 한 번씩 나에게 중요한 정치 상황만 보고하도록 하라."

복자천은 임금의 명을 받들어 자신의 뜻대로 정치를 베풀었고 단보를 잘 다스렸다.

한번은 제齊나라가 노나라를 공격하였는데, 이때 단보가 제일 먼저 공격을 받게 되었다. 그러자 단보의 마을 어른들이 복자천을 찾아가 간청하였다.

"보리가 다 익었습니다. 제 나라 군사들이 쳐들어오면 제대로 거두어들일 수 없으니, 전쟁 시 예비 식량으로 사용할 수 있도록 백성들을 풀어, 있는 보리를 모두 거두어들이도록 해주십시오."

단보의 마을 어른들은 이러한 요청들을 여러 번 하였으나 복자천은 그들의 말에 동의하지 않았다. 그 일이 있은 후 얼마 안 되어 제나라 군사가 보리밭을 갈아엎었다. 당시 정권을 잡고 있던 계손씨季孫氏가 이 소식을 듣고 크게 노하여 사람을 보내 복자천에게 책임을 물었다.

"백성들이 추위와 찌는 듯한 더위를 무릅쓰고 가꾸어낸 곡식인데 추수 때가 되어도 거두어들이지 못했으니 얼마나 애통하겠는가! 그대 역시 이러한 마음을 모르지 않았을 터인데 사람들이 건의를 해도 듣지 않았다니, 이것이 그대가 백성을 위해 한 일이란 말인가."

복자천은 눈살을 찌푸리며 말하였다.

“올해 보리를 수확하지 못한 일은 그다지 걱정할 일이 못 되며, 내년에 다시 심을 수 있습니다. 그러나 만약 애써 일하지 않은 백성들까지 곡식을 얻게 된다면 농사를 지은 백성들은 차라리 적이 와서 공격하기를 바랄 것입니다. 더구나 일 년 동안 단보에서 수확한 보리는 노나라의 국력에 아무런 도움도 되지 못합니다. 그러므로 보리를 수확하지 못했다고 해서 국력이 쇠퇴하지는 않을 것입니다. 그러나 만일 백성들에게 노동을 하지 않아도 대가를 얻을 수 있다는 마음을 심어준다면, 이러한 병폐는 몇 대가 내려가도 끊이지 않을 것입니다.”

계손씨는 이 말을 전해 듣고 부끄러운 마음에 얼굴을 붉히며 말하였다.

“보리밭에서는 매년 수확할 수 있다지만, 내가 무슨 면목으로 다시 복자천을 대할 수 있단 말인가!”

3년 후, 공자는 제자인 무마기巫馬期를 보내어 복자천의 집정 상황을 살펴보게 하였다. 무마기는 허름하고 오래된 옷으로 갈아입은 뒤, 소리 소문도 없이 단보로 들어갔다. 그때 마침 물가에서 낚아 올린 고기를 다시 물속에 던져 넣는 어부들의 모습을 보게 되었다. 무마기는 그 모습이 하도 신기하여 그들에게 다가가 물었다.

“무릇 어부는 물고기를 얻기 위하여 물고기를 낚는데, 어찌하여 당신들은 잡아 올린 물고기를 다시 놓아주는 것입니까?”

어부가 말하였다.

"물고기 중에 큰 것을 주鰽라고 하는데, 우리의 대부이신 복자천이 이것을 매우 좋아하십니다. 또 물고기 중에 작은 것을 승鱦이라 하는데, 우리 대부이신 복자천은 이 물고기들이 크게 잘 자라길 바라십니다. 그렇기 때문에 우리들은 이 두 종류의 물고기를 잡게 되면 다시 물속에 놓아준답니다."

무마기는 돌아가서 공자에게 말하였다.

"복자천의 덕행이 백성들 사이에서 마치 엄한 형법처럼 행해지고 있으며, 백성들은 한결같이 정직하고 예의 바르게 보였습니다. 도대체 복자천이 무슨 방법으로 이처럼 다스릴 수 있었는지 궁금합니다."

공자가 말하였다.

"내가 일찍이 그와 이야기를 나눈 적이 있다. 그는 성실하게 덕행을 닦아 백성들에게 엄한 형벌처럼 베풀어지도록 하였다. 복자천이 단보에서 행한 것은 바로 이런 것이다."

—『공자가어孔子家語 · 굴절해屈節解』

11

공자가 예악을 논하다

어느 날 자공이, 공자가 가만히 앉아 있는 모습을 보고 공자 곁으로 가 가만히 살펴보니, 공자의 얼굴에 근심의 빛이 역력하였다.

자공은 그 이유를 차마 묻지 못하고 얼른 자리에서 물러나 이 일을 안회에게 말하였다.

그러자 안회는 거문고를 타며 노래를 불렀다. 공자는 노랫소리를 듣고 안회를 불러 물었다.

"너는 어찌하여 그곳에서 홀로 즐기느냐?"

이에 안회가 공자에게 물었다.

"선생님께서는 무슨 일로 홀로 근심하십니까?"

공자가 대답하였다.

"다른 것은 말하지 말고, 우선 네 생각을 말해 보거라."

안회가 말하였다.

"예전에 선생님께서 '하늘의 뜻에 순응하여 자신의 처지에 만족하면 걱정이 없다'고 말씀하셨는데, 이 때문에 즐거운 것입니다."

이 말을 듣고 공자의 얼굴색이 순간 변하였으나, 공자는 이내 차분한 어조로 말하였다.

"안회야, 네 포부가 너무 작구나. 그 말은 내가 전에 했던 말이니, 지금 말하는 것을 기준으로 삼아라. 너는 다만 하늘의 뜻에 순응하여 자기의 처지에 만족하면 걱정이 없다는 것만 알고, 하늘이 걱정한다는 것을 알지 못하는구나. 오늘 너에게 그 깊은 뜻을 알려주겠다. 자신이 수양을 할 때에는 가난해도 좋고 매사에 통달해도 좋다. 이 모든 것은 자연의 이치를 따를 뿐이다. 그러므로 오고 가는 것을 아는 것은 내가 아니고, 마음이 어지럽지 않다는 것은 바로 네가 말한 하늘의 뜻에 순응하여 걱정이 없다는 뜻이다.

예전에 나는 『시詩』와 『서書』를 수정하고 예악禮樂, 예법과 음악을 바로잡아 이것을 기준으로 천하를 다스릴 수 있도록 후세에 전하고자 하였다. 자연의 이치에 순응하게 되면 자신을 수양할 수 있을 뿐 아니라 노나라를 다스릴 수 있었다. 그러나 노나라 군신들은 날로 통치 질서를 잃어가고, 인의仁義가

점차 쇠퇴하여 인정은 점차 야박해졌다. 그러므로 이러한 치도治道, 다스리는 도리를 가지고는 한나라를 다스릴 수 없음은 물론, 설사 다스린다고 해도 일 년을 넘길 수가 없다. 그러니 천하를 다스리는 법과 도道를 후세에 전한다는 일은 생각조차 할 수 없는 일이다. 나는 일찍이 『시詩』와 『서書』, 그리고 예악으로 어지러운 세상을 구할 수 없다는 것을 알았으나, 그것을 변혁시킬 방법을 알지 못하였다. 이것이 하늘의 뜻에 순응하여 자신의 처지에 만족하는 자의 당연한 걱정일 것이다.

비록 이러한 상황에 놓여있었지만, 나는 결국 이를 극복하고 도를 얻을 수 있었다. 예를 들면, 악기를 연주하고 즐거움을 느끼는 것이 바로 옛 사람들이 말하는 낙지樂知가 아니겠느냐? 즐거워할 만한 것이 없고, 알 만한 것이 없다는 말은 천하의 즐거움을 즐길 줄 알고 천하의 앎을 알 수 있다는 의미이니, 이것이 바로 참된 즐거움이자 참된 앎인 것이다. 그렇기 때문에 즐겁지 않은 것이 없을 것이다. 『시詩』와 『서書』, 그리고 예악은 천하를 다스리는 근본이다. 그런데 그것을 변역시켜 무엇을 하겠느냐?"

안회가 얼굴을 북쪽으로 향해 돌리고 절하며 말하였다.

"잘 알아듣겠습니다."

그런 다음 밖으로 나와 자공에게 이야기하였다. 그러자 자공이 망연자실하여 일순간 입을 열지 못하였다. 집으로 돌아간 그는 깊은 생각에 빠져 칠일 동안이나 먹지도 자지도 않았고, 결국 그의 몸은 피골이 상접할 지경이 되었다. 안회는 갖은 방법을 동원하여 자공을 설득하였다. 그 후에 두 사람은 다시 공자의 문하로 되돌아가 현악絃樂에 맞춰 노래를 부르고 글을 낭송하였는데, 그들은 이 일을 일생 동안 그치지 않았다.

—『열자列子 · 중니편仲尼篇』

12

명마부 동야필의 말이 미쳐 날뛰다

춘추전국시대에 가축이 끄는 수레는 귀족이 외출을 하거나 전쟁에 나가 싸울 때 사용하던 중요한 도구였다. 그러므로 당시는 마부의 수레 모는 기술이 상당히 요구되었던 시대였고, 따라서 수레를 잘 모는 수준 높은 마부들이 많았다.

춘추시대 노나라의 동야필東野畢은 이름난 마부였다. 당시 노나라의 임금은 정공定公이었는데, 그는 동야필과 같은 고수를 수하로 두고 있다는 사실에 득의양양得意揚揚하였다. 그래서 한번은 자랑스럽게 안회에게 물었다.

"그대는 동야필의 이름을 들어보았는가?"

안회가 담담한 어조로 대답하였다.

"그이의 수레 모는 기술은 훌륭하기는 하지만, 언젠가 그의 말은 분명

미쳐 날뛰게 될 것입니다."

정공은 이 말을 듣고 몹시 불쾌하여 순간 얼굴빛이 어두워졌다. 그는 더 이상 안회에게 눈길을 주지 않고 곁에 있던 수행원에게 말하였다.

"군자도 남을 비방할 줄 아는구나!"

안회 역시 아무 말도 하지 않고 그 자리에서 물러났다.
며칠이 지나지 않아 임금의 말을 관리하는 관리가 정공에게 보고하였다.

"동야필이 모는 수레에 사고가 났습니다. 양옆의 말이 미쳐 날뛰며 중간의 두 말을 이끌고 마구간으로 뛰어 들어갔습니다."

정공은 이 소식을 듣고 놀라, 자리에서 벌떡 일어나 급히 사람을 시켜 안회를 불러오도록 하였다. 잠시 후 안회가 궁중에 도착하자 정공이 직접 맞이하며 물었다.

"며칠 전 내가 동야필의 말 부리는 기술을 칭찬하자, 그대는 그의 수레 모는 기술이 훌륭하기는 하지만 언젠가는 말이 미쳐 날뛰게 될 것이라고 하였다. 그와 같은 일이 오늘 일어났는데, 이를 어찌 예측할 수 있었는가?"

안회가 차분하게 대답하였다.

"저는 역사적 경험을 통하여 수레 모는 비결을 터득하였습니다. 옛날 순舜 임금께서는 백성을 잘 다스리셨고, 조보造父라고 하는 사람은 말을 잘 다루었습니다. 순 임금이 백성을 잘 다스렸다는 말은 백성들이 모든 재산을 다 쓰도록 했다는 뜻이 아니고, 조보가 말을 잘 다루었다는 말은 말의 힘을 모두 쓰도록 했다는 의미가 아닙니다. 순 임금이 통치할 때는 반란을 일으키는 백성이 없었고, 조보가 말을 몰던 일생 동안 말이 놀라 뛰는 일은 일어나지 않았습니다. 그런데 지금의 동야필은 그들과 다릅니다. 그는 말이 기진맥진하여 더 이상 뛸 수 없는데도 말을 쉬게 하지 않고 강제로 말을 듣도록 하니, 말이 미쳐 날뛰지 않을 수 있겠습니까? 저는 바로 이러한 도리를 가지고 동야필의 말이 분명히 미쳐 날뛰게 될 것이라고 추측하였던 것입니다."

정공은 안회의 설명을 듣고 진심로 감탄하며 말하였다.

"훌륭하도다! 정말 그러하구나. 그대의 말속에 그런 깊은 뜻이 있었는지 미처 알지 못했도다. 계속해서 더 말해주지 않겠는가?"

안회는 이 기회를 빌려 정공에게 충언을 간하고자 하였다.

"미천한 제가 사람들에게 이러한 말을 들은 적이 있습니다. 날아가는 새도 급하게 쫓으면 오히려 사람을 쪼고, 달리는 짐승도 너무 급하게 몰면 오히려 사람을 다치게 한다고 하였습니다. 사람이 더 이상 나아갈 곳이 없으면 사람을 속이고 싶은 마음이 생기는 법입니다. 말도 더 나아갈 길이 없으면 미쳐서 날뛰게 되는 것입니다. 그러므로 옛날부터 지금까지 무슨 일을 하든지 자신이 맡은 일이나 사람을 너무 극단적으로 몰아가면, 반드시 위험한 일이 벌어지고 마는 것입니다."

정공은 안회의 말을 듣고 대단히 기뻐하였다.

—『공자가어孔子家語 · 안회제십팔顏回第十八』

13

계강자가 염유를 등용하다

공자의 제자 중 염유冉有는 정치적 활동으로 이름난 인물이었다. 그래서 공자는 항상 염유와 자로를 비교하여 말하곤 하였다. 한번은 어떤 사람이 공자에게 물었다.

"자로가 인덕이 있다고 말할 수 있습니까?"

공자가 대답하였다.

"그가 인덕이 있는지 없는지는 알지 못하지만, 만일 천 대의 전차를 구비하고 있는 대국이라면, 자로는 능력을 발휘할 수 있을 것이다."

그 사람이 다시 공자에게 물었다.

"그렇다면 염유는 어떻습니까?"

공자가 다시 대답하였다.

"염유는 천 호 규모의 인구와 병차 백 대가 있는 곳이라면, 그곳의 장관으로 삼을 만하다. 그러나 그가 인덕이 있는지 없는지는 잘 알지 못한다."

이러한 평가를 볼 때, 염유는 작은 지방의 장관을 지낼 만한 재능을 가지고 있었다고 볼 수 있다. 사실상 염유에게는 정치적으로 큰 인물이 될 만한 재능은 없었다. 다만 그는 노나라 계손씨의 가신家臣을 지냈을 뿐이다. 여기에서 제자에 대한 공자의 정확한 평가를 엿볼 수 있다.

염유는 이름이 구求이고, 자는 자유子有이며, 노나라 사람이다. 그는 공자가 천하를 두루 돌아다닐 때 공자 곁에서 수행하였다.

기원전 487년, 노나라의 계강자季康子는 위나라에 사람을 보내어 자신의 정무를 도와달라며 염유를 초빙하였다. 당시 노나라는 점차 북으로 세력을 뻗쳐오던 오나라 때문에 존망에 심각한 위협을 받고 있었다. 기원전 488년에는 오나라가 노나라를 위협해 소·양·돼지를 각각 백 마리씩 바칠 것을 요구하였으나, 다행히 자공이 가지고 있던 가축을 오나라에 보내줌으로써 노나라의 정권을 잡고 있던 계강자가 체면을 살릴 수가 있었다. 또 기원전 487년에는 오나라의 공격으로 노나라는 엄청난 희생을 치르고서야 가까스로 오나라 군대를 물리칠 수 있었다. 당시 공자의 제자 한 명이 이 전투에서 용감하게 싸워 공을 세웠고, 이런 위급한 상황 속에서 계강자는 인재의 중요성을 느꼈다. 때문에 그는 공자의 제자 중 자공·염유·유약有若 등과 같은 인물이 얻기 어려운 인재임을 알고 지체 없이 염유를 노나라로 초빙해 갔던 것이다.

계강자가 염유를 불러 중임을 맡기고자 한다는 말을 듣고 공자는 매우 기뻐하며 제자들에게 말하였다.

"계씨가 이번에 염유를 초빙해가니, 분명히 그를 중용할 것이다."

공자는 주위의 제자들을 둘러보며 기쁜 얼굴로 말하였다.

"우리에게 돌아갈 희망이 생겼구나, 우리에게 돌아갈 희망이 생겼어! 너희들의 재능이 자랑스럽다. 오색찬란한 비단과 같아 어떤 것을 먼저 골라 써야 할지 모르겠구나!"

염유는 노나라로 돌아온 후, 계씨의 가신이 되어 계강자의 중용을 받았으며, 삼 년 후에 큰 전공을 세웠다. 이것은 기원전 484년의 일로, 당시 노나라가 제나라의 공격을 받자 노나라 귀족들은 모두 싸울 것을 반대하였으나 염유만은 뜻을 굽히지 않고 그들을 일일이 찾아가 이해관계를 밝힌 후 전쟁에 참여할 것을 주장하였다. 이 전쟁에서 염유는 계손씨의 군대를 이끌고 나가 승리를 거두었고, 계강자는 염유를 신임하여 더욱 중요한 자리에 임명하였다.

—『논어論語 · 공야장편公冶長篇』

14

내가 어찌 박이란 말이냐!

공자가 위나라에 있을 때, 영공靈公은 공자와 제자들이 음모를 꾸미지 않을까 의심하여 사람을 파견해 감시하였다. 때문에 공자는 어쩔 수 없이 위나라를 떠나 자신의 능력을 펼칠 수 있는 곳을 찾아 떠나고자 하였다.

공자는 본래 진나라로 가고자 하였으나, 황하에 이르렀을 때 진나라에 내분이 일어나 이를 실행에 옮기지 못하고 말았다. 내분은 진나라의 정권을 잡고 있던 조앙자趙鞅子와 또 다른 두 귀족인 범씨范氏와 중행씨中行氏가 서로 권력을 다투어 일어난 것이었다.

이 내분은 조씨의 내부적인 모순 때문에 발생하였다. 조앙자는 이전에 위나라를 공격한 적이 있었는데, 당시 위나라는 그에게 오백 호를 바쳤다. 조앙자는 이 오백 호의 사람들을 한단邯鄲 중국 하북성 남서부에 있는 도시에 두었다가 후에 다시 진양晋陽 오늘날의 산서성 태원으로 옮기고자 하였다. 당시 한단을 다스리던 사람은 조앙자와 같은 쪽 사람인 조오趙午였다. 그런데 조오는 오백 호의 위나라 사람을 계속 한단에 머물게 함으로써 한단을 통해 위나라와 좋은 관계를 맺고자 하여 조앙자의 생각에 반대하였다. 조앙자는 조오가 말을 듣지 않자 즉시 조오를 진양에 가두고, 그의 수하들은 모두 검을 차지 못하게 하였다. 그러나 조오의 수하인 섭빈涉濱은 조오에게 예측하지 못할 일이 생길까 두려워 검을 차고 그를 호위하였고, 이를 전해 들은 조앙자는 홧김에 그만 조오를 죽이고 말았다. 일이 이렇게 되자 조오의 아들 조직趙稷이 한단에서 반란을 일으켰고, 범씨와 중항씨 마저 반기를 들고 일어나 조앙자를 공격하였다. 원래 조오는 중항씨의 생질甥姪 누이의 아들이었으며, 범씨는 중항씨와 친척관계였다. 그러므로 조오가 피살되자 그들은 서로 손을 잡고 연합해 조앙자를 공격하였던 것이다. 범씨에게는 필힐佛肹이라고 하는 가신이 있었는데, 그는 진나라의 중모中牟 오늘날 하남성 학벽시 서쪽에서 지방장관을 지냈다. 그도 이 소식을 듣고 범씨에게 호응하여 중모를 점거하고 조앙자에게 반기를 들었다. 필힐은 공자가 황하가에서 배회한다는 소식을 듣고 즉시 사람을 보내 자신을 도와 줄 것을 요청하였다. 그는 공자의 명성을 빌려 기세를 높이고자 하였던 것이다. 그런데 공자는 당시 진퇴양난에 빠져 있었다. 그로서는 당연히 필힐의 요청을 받아들이고 싶었지만, 제자들이 이 일을 반대하였다. 자로가 먼저 나서서 반대 의견을 보였다.

"제가 이전에 선생님께 듣기로, 만일 어떤 사람의 행동이 정당하지 못하다면 좋은 사람은 그와 협력하지 않는 법이라고 들었습니다. 필힐이 조앙자에게 반기를 든 일이 어찌 정당한 행동이라고 할 수 있겠습니까?"

공자가 대답하였다.

"맞다! 그런 말을 했었구나. 그런데 이런 말도 하지 않았느냐? 진정으로 단단한 물건은 갈아도 갈리지 않으며, 진정으로 흰 물건은 아무리 물을 들여도 검어지지 않는다. 다시 말해서 내가 박도 아닌데, 설마 늘 선반에 매달아놓고서 먹지 않는단 말이냐?"

이는, 박은 맛이 쓰기 때문에 한곳에 매달아놓고 먹지 않지만 공자 자신은 이와 같지 않기 때문에, 뜻을 펼치기 위해 천하를 주유한다는 말로, 당시 공자가 얼마나 절실히 자신의 이상을 실현할 곳을 필요로 하였는지를 보여준다. 공자는 누군가 자신을 필요로 한다면 그를 위해 자신의 힘을 다하고자 하였던 것이다. 그러나 제자들의 건의를 받아들인 것인지 아니면 자신의 원칙을 지키고자 했음인지 공자는 결국 필힐의 요청에 응하지 않았다.

조앙자는 범씨와 중항씨의 공격을 받고 진양晉陽으로 물러날 수밖에 없었다. 다행히 후에 범씨 내부에 모순이 생겨 진 정공定公의 지지와 일부 범씨 사람들, 그리고 중항씨를 반대하는 세력과 연합하여 범씨와 중항씨를 물리칠 수 있었다. 범씨와 중항씨는 조가朝歌로 도망하였다. 한씨韓氏와 위씨魏氏가 임금 앞에서 조앙자를 위해 말함으로써 그는 비로소 진晉나라의 수도로 돌아올 수 있었다.

당시 진나라에는 "재난을 일으킨 자는 사형에 처한다."는 법률 조항이 있었다. 다시 말해서 난이 평정된 후, 누가 먼저 잘못했는지를 가려 그 사람에게 책임을 추궁하는 것이었다. 이 사건은 조양자가 초래하였으므로 당연히 그가 참수를 당해야 하나, 그의 가신 중에 동안우董安于가 책임을 지고 목을 매 죽음으로써 조앙자는 죽음을 면할 수 있었다.

—『논어論語 · 양화陽貨』, 『사기史記 · 공자세가孔子世家』

15

공자가 자하와 예악을 논하다

공자가 아무 일도 없이 한가로이 앉아 있을 때 옆에 있던 자하가 공자에게 말하였다.

"선생님께 가르침을 청합니다. 『시경詩經』에 '화락和樂한 군자는 백성의 부모이시다.'라는 구절이 있는데, 어떻게 해야 '백성의 부모'가 될 수 있는 것입니까?"

공자가 대답하였다.

"백성의 부모란 예악의 근원을 잘 알아, '오지五至'에 도달하게 하고 '삼무三無'를 천하에 두루 행하게 함으로써 어떠한 문제가 발생하더라도 먼저 알 수 있어야 한다. 이렇게 할 수 있어야 '백성의 부모'라는 말을 들을 자격이 있는 것이다."

자하가 다시 물어보았다.

"무엇이 백성의 부모인지는 알았습니다. 선생님, 그렇다면 무엇이 '오지五至'인지 가르쳐주십시오."

공자가 대답하였다.

"마음속에서 생각한 것은 바로 시로 표현할 수 있으며, 시로써 표현할 수 있는 것은 또한 예로 행할 수 있고, 예로 행할 수 있는 것을 즐거움으로 표현할 수 있으며, 즐거움으로 표현할 수 있는 것을 슬픔에 이르게 할 수 있는 것이니, 이른바 슬픔과 즐거움이 서로 전환되는 것이다. 그러므로 눈을 크게 뜨고 바라보면 볼 수 없는 것이며, 귀를 길게 잡아당겨 들으면 들리지 않는 것이며, 기운이 천지에 충만하게 되면 이르지 않는 곳이 없는데, 이것이 바로 '오지'라고 하는 것이다."

자하가 또 물어보았다.

"어떤 것이 '오지'인지는 잘 알았습니다. 선생님, 다시 가르침을 청하는데 무엇이 '삼무三無'입니까?"

공자가 대답하였다.

"소리 있는 음악을 들을 수 없는 것과 의식 있는 예절을 볼 수 없는 것, 상복을 입지 않은 상사喪事를 '삼무'라고 한다."

자하가 또 물었다.

"무엇이 '삼무'인지는 대략 이해가 되었습니다. 선생님, 다시 가르침을 청하는데, 어떤 시가 이 뜻에 가깝습니까?"

공자가 대답하였다.

"아침부터 저녁까지 신비로운 천명을 맡으면 '무성無聲의 음악'에 가깝게 되며, 위엄이 있고 또한 부드러워 들추어낼 것이 없게 되면 '무체無體의 예'에 가깝게 되며, 백성들이 상사를 만나 비통해 하면서 요리를 만드는 일을 도와주게 되면 '무복無服의 상喪'에 가깝게 된다."

그의 말을 다 듣고 자하가 말하였다.

"선생님께서 하신 말씀은 대단히 포괄적이고도 심오합니다. 더 이상 설명하실 것이 없습니다."

공자가 말하였다.

"더 말할 것이 있다. 군자가 이것을 쫓게 되면 말을 해야 하는 것이 다섯 가지가 있다."

자하가 물어보았다.

“다섯 가지란 어떤 것입니까?”

공자가 대답하였다.

“무성의 악樂은 기개에 어긋나서는 안 되며, 무체의 예禮는 태도가 조용하고 조급해서는 안 되며, 무복의 상喪은 타인에 대하여 깊이 동정을 표해야 한다. 무성의 악은 기개가 스스로 얻어지며, 무체의 예는 태도가 공손하며, 무복의 상은 행동이 사방에까지 미치게 된다. 무성의 악은 기개가 이미 따르게 되고 무체의 예는 상하가 서로 친하게 되며 무복의 상은 온 나라를 안정시킨다. 무성의 악은 소리가 사방에까지 들리게 되고 무체의 예는 행하면 행할수록 더욱 좋아지며 무복의 상은 성덕이 밝아진다. 무성의 악은 기개가 일어나며 무체의 예는 천하에까지 퍼지게 되고 무복의 상은 후대까지 은혜가 미친다.”

자하가 물어보았다.

“우 임금 · 탕 임금 · 문왕의 덕행은 천지와 서로 부합되었습니다. 선생님께 거듭 가르침을 청하옵건대, 어떻게 해야 덕이 천지와 서로 합치될 수 있는 것입니까?”

공자가 말하였다.

"'삼무사三無私'로써 천하를 안정시키는 것이다."

자하가 또 물어보았다.

"무엇이 '삼무사'인지 가르쳐주십시오."

공자가 대답하였다.

"하늘은 덮지 않는 것이 없으며, 땅은 싣지 않는 것이 없으며, 해와 달은 비추지 않는 곳이 없다. 이 세 가지를 가지고 천하를 안정시키는 것을 '삼무사'라고 한다. 이 뜻은 『시경·상송·장발詩經·商頌·長發』편에 보인다. '천제의 의지는 착오가 없으며 하늘은 천명으로써 천하를 안정시킨다. 감히 태만하지 않으며 하루 종일 삼가 조심스럽게 일을 한다. 그는 밝고 용모가 준수하면서도 도량이 커서 천명을 공경히 따른다. 천제는 그에게 구주九州의 나라를 다스릴 것을 명령하였는데, 이것이 바로 탕왕의 덕행이다. 천제가 운행하여 춘하추동 사시의 구분이 있고, 바람·비·서리·벼락·이슬로써 교화하고 법을 취하는 원칙으로 삼았다. 대지는 하늘의 기운을 짊어지고 하늘의 기운은 바람·비·우레·벼락을 만드니, 바람·비·우레가 운행하고 변화하여 만물이 생장할 수 있도록 하였다. 그러므로 이로써 교화하고 법을 취하는 것을 원칙으로 삼았다. 임금 자신에게 훌륭한 덕행이 있고 그의 의지가 신명에 통하면, 자신이 하고자 하는 일을 미리 알 수 있는 징조가 나타나는 것과 마찬가지이다. 이는 하늘이 비를 내리려 할 때 산천 위에 먼저 운기가 출현하는 것과 같은 이치이다. 이는 바로 『시경·대아·

강한詩經·大雅·江漢』편에서 '현명한 천자, 그의 훌륭한 명성은 말로 다 할 수가 없다.'고 한 것과 같은 상황을 지적한 것으로, 삼대三代, 하·은·주의 세 왕조를 뜻함 명군의 덕행을 말한 것이다. 「강한江漢」편에서 '현명한 왕의 아름다운 덕을 널리 퍼뜨려 사방의 국가를 화합시킨다.'고 한 말은 바로 주 문왕의 덕행을 말한 것이다."

—『예기禮記·공자한거孔子閑居』

16

공자가 계손의 물음에 답하지 않다

노 애공哀公 11년에 계손이 전지田池 논밭에 따라 세금을 거둘 생각으로 염유冉有를 보내어 공자의 의견을 구하도록 하였다. 공자가 말하였다.

"나는 이 일에 대해서 잘 모른다."

그러자 계손은 세 차례나 더 물었으며, 마지막으로 공자에게 말하였다.

"선생께서는 이 나라의 원로이시거늘, 선생의 의견을 기다려 일을 하고자 하는데 어째서 기꺼이 말씀을 해주지 않는 것이오?"

공자는 이 문제에 대해 직접 대답을 주지 않고 개인적으로 염구에게 이야기하였다.

"군자가 일을 할 때에는 예를 따라야 하며, 은덕을 베풀 때에는 힘써 베풀려고 애써야 한다. 또한 일을 함에 있어서는 도에 맞게 행해야 하며 세금 또한 가능한 적게 걷도록 해야 한다. 이렇게만 한다면 내가 말한 대로 거둔 세금만 가지고도 충분할 것이다.

만약 예로써 헤아리지 못하면서 탐하는 마음이 끝이 없다면, 비록 세금을 거둔다 하더라도 충분하지 못할 것이다. 계손이 설사 일을 법도에 맞게 하고자 한다 하더라도 주공의 전장典章 규칙을 적은 글이 모두 그곳에 있거늘, 만약 제멋대로 일을 처리하고자 한다면 의견을 구해 무엇 하겠느냐?"

결국 계손은 공자의 말을 듣지 않았다.

—『좌전左傳 · 애공십일년哀公十一年』

17

혹독한 정치는 사람을 잡아먹는 호랑이보다 무섭다

동악東岳 태산은 고대에 대산岱山 혹은 대종岱宗이라고 불리었으며, 오악五岳 중국의 5대 명산 가운데 가장 높은 산이었다.

춘추전국시대에 유생들은 모두 상천에게 제사 지내는 장소로 태산이 가장 적합하다고 생각하였다. 태산의 정상에서 제사에 사용하는 고기들을 구워야 지극히 높은 곳에 있는 상천이 빨리 그들에게 복을 내려줄 것이라 생각했기 때문이다. 이런 이유로 진시황과 한 무제는 규모가 큰 제천의식을 태산에서 행하였는데, 이를 봉선封禪이라고 불렀다.

태산에서 거행된 봉선 제천의식은 그야말로 가장 큰 대사大祀였다. 그래서 사마천의 부친이자 서한시대의 대역사학자이며 문학가인 사마담은 한 무제의 봉선대전에 참석할 수 없게 되자 통곡하며 눈물을 흘렸고 한을 품은 채 세상을 떠났다고 한다.

진시황과 한 무제는 봉선할 때에 하느님께 제물을 바쳐 하느님이 그들의 강산을 영원히 보호해줄 것을 염원하였다. 그러나 재물이 많이 드는 제천의식은 때때로 포악한 정치의 발단이 되어 백성들의 삶을 궁핍하게 하였으며, 우매한 황제는 이 때문에 스스로 종말을 가져오기도 하였다. 평화가 없는 정치는 하느님께 제물을 바친다고 해도 백성들을 편안하고 즐겁게 할 수가 없는 것이다.

공자가 태산에 갔을 때 포악한 정치에 대하여 깊이 탄식한 일이 있었다. 당시는 진한시대처럼 평안하지 않아서 세력이 축소된 주천자와 제후국들의 군주들은 태산에 올라가 하늘에 제사를 지낼 시간과 마음의 여유가 없었다. 또한 당시의 태산은 노나라 정치의 교회敎化와 은택恩澤이 전혀 미칠 수 없는 외지였다.

공자는 당시 자로를 비롯한 제자 몇 명을 데리고 태산 근처를 지나고 있었는데, 한 부인이 메마른 풀이 나 있는 들길을 걸으며 매우 처량하게 울고 있었다. 공자는 수레 앞의 횡목을 잡고 제자들에게 잠시 가서 무슨 사연인지 들어보라고 분부하였다. 이에 자로가 부인에게 가서 그 사연을 물었다.

"부인께서는 무엇 때문에 그리 슬피 우십니까?"

부인은 우는 소리를 내지 않으려고 꾹 참으며 대답하였다.

"제 할아버지께서는 산에서 내려온 호랑이에게 물려 돌아가셨으며, 남편 역시 호랑이에게 잡아먹혔고, 최근에는 아들이 호랑이에게 잡아먹혔습니다. 저는 슬프고도 두렵기 때문에 울음을 멈출 수가 없습니다."

공자가 이 말을 듣고는 이상히 여겨 다시 물었다.

"무슨 말씀이십니까. 당신들은 호랑이가 무섭다고 하면서 어째서 이사를 가지 않는 것입니까?"

부인이 대답하였다.

"왜냐하면 세금을 독촉하여 징수하는 관리들이 이 황폐한 산언덕까지지는 찾아오지 않기 때문입니다."

공자는 이 말에 대단히 놀라 한동안 침묵을 지키다가, 제자들을 향해 말하였다.

"너희들은 이 말을 잘 새겨듣거라. 잔혹하고 가혹한 정치는 사람을 잡아먹는 호랑이보다 더 무섭다는 것을!"

—『예기禮記 · 단궁하檀弓下』

18

초나라 대장 섭공이 정치를 묻다

심제량沈諸梁은 춘추시대 초나라의 대장으로 일찍이 섭葉, 지금의 하남 섭현의 남쪽이라는 곳에서 관리를 지낸 적이 있었다. 이 때문에 사람들은 그를 섭공이라고 불렀다.

노 애공 4년기원전 491년에 섭공 심제량은 초나라 임금에 의해 부함負函이란 곳으로 파견되어 그 지방을 다스리는 장관이 되었다. 부함은 초나라와 채나라가 근접해 있는 변경지대에 위치해 있었는데, 채나라는 초나라에 의지하고 있었으며, 부함의 백성들은 주로 채나라로부터 이주해온 사람들이었다. 그러므로 부함 지방에서 행정장관을 지내려면 좋지 않은 일이 발생할 경우 이런 지역적 특성에 의해 큰 난리를 겪을 수도 있는 위험을 감수해야만 하였다.

기원전 489년, 공자는 진나라를 떠나 초나라로 갔다. 부함을 지날 때 심제량의 예우를 받고 이 지방의 문제를 어떻게 해결해야 하는가에 대해 좋은 의견을 제시해주었다. 당시 섭공 심제량은 일찍이 공자가 박학다재하고 식견이 비범하다는 말을 듣고 그를 만나 정치 활동에 필요한 원칙에 대해 가르침을 청하였다. 공자가 말하였다.

"당신이 다스리는 백성들이 평안히 살면서 즐겁게 일할 수 있고, 또한 먼 곳에 있는 사람들이 몸을 의탁할 수 있다면 좋지 않겠습니까?"

이 말은 간단한 것처럼 보이지만, 실제로는 공자가 줄곧 주장하며 실행하고자 했던 "인정仁政"에 대한 깊은 뜻을 내포하고 있다. 통치자가 진정으로 이 말을 실행할 수 있다면 그 정치는 매우 훌륭하다 할 수 있다. 심제량은 공자의 견해에 크게 탄복하였으나, 공자가 여러 차례 액운을 만나면서도 여전히 이 원칙을 굳게 지키고 이것을 즐기면서도 지치지 않는 모습이 이해가 되지 않았다. 여러 나라를 전전하면서 도처에서 배척과 수모를 받고 실제로 얻은 것보다 잃은 것이 더 많은데도, 어찌 이처럼 견인불발堅忍不拔 굳게 참고 견디어 마음이 흔들리지 아니함의 굳은 신념과 의지력을 가질 수 있는지 의심이 들 정도였다. 그래서 심제량은 자로에게 가서 공자에 대한 생각을 떠보려고 하였다.

"그대는 공자가 어떤 사람인지 말해줄 수 있소?"

자로는 순간 이 문제에 어떤 답을 해야 할지 몰랐다.

"아, 어떻게 말을 해야 할지. 저 역시 무어라 말할 방법이 없습니다."

심제량은 그 말을 듣고 매우 실망하였다. 후에 공자가 이 일을 듣고 자로에게 말하였다.

"유야, 너는 그때 어째서 이렇게 대답하지 않았느냐? 너는 이와 같이 말했어야 했느니라. 그는 이러한 사람입니다. 발분하여 힘써 배울 때에는 밥을 먹는 것조차 잊어버리며, 배우는 일이 몹시 즐거워 근심이 무엇인지도 모르며, 자신이 늙어가고 있는 것조차 잊어버리고 있습니다."

유감스럽게도 그 이후 공자와 자로는 다시 심제량을 만난 적이 없었기 때문에 그 말을 그에게 해줄 기회가 없었다.

심제량은 얼마 안 있어 부함을 떠났으며 후에 초나라의 정계에서 재능을 발휘하는 인물이 되었다. 그는 대리 영윤까지 지냈는데, 대리 영윤이란 바로 대리 재상의 벼슬에 해당한다. 아마도 공자가 가르쳐준 정치를 하는 원칙들이 그에게 매우 큰 도움이 되었던 것 같다.

—『논어論語 · 자로편子路篇, 술이편述而篇』

19

죽기 전 자고에 대한 평을 바꾼 공자

자고子羔, 고시의 자는 전형적인 난쟁이로 키가 오 척약 150cm도 되지 않았다고 한다. 그러면서 그는 72명 현인의 대열에 끼어 있었으니, 당연히 출중한 인물이었다고 생각된다. 그러나 자고는 공자에게 좋은 평가를 받지 못한 제자였다. 공자는 그가 조금 우둔하다고 평하였다. 자고가 비후費后라는 지방의 재관宰官을 지낼 때, 공자는 매우 언짢아하며 자로에게 말하였다.

"자고가 지방의 재관으로 지내고 있는데, 이는 백성을 타락시키는 것이 아니겠느냐?

공자의 이 말은 자고가 백성들을 기만할 수 있다는 것이 아니라, 배움이 부족한 관리가 되면 사무를 제대로 처리할 수 없기 때문에 백성들에게 해를 끼칠지도 모른다는 뜻에서 나온 말이다.

자로는 공자의 견해에 반박하여 말하였다.

"시서詩書를 많이 읽은 사람만이 강산과 사직을 보호하고 천하를 다스릴 수 있는 것은 아닙니다."

자고에 대한 공자의 감정은 그다지 좋지는 않았으나, 그의 벼슬길은 오히려 순탄하였다. 자고가 위나라 관리로 있었을 때 형벌을 관장했는데, 한번은 죄를 지은 어떤 사람에게 법에 따라 월형刖刑, 다리를 자르는 형벌을 시행하였다. 이 일이 있은 후에 위나라에 내란이 발생하였는데, 반란을 일으킨 사람이 자고를 추격해 죽이라는 명령을 내리자, 자고는 급히 내란의 중심지인 수도를 떠나야 했다. 이때 문을 지키던 사람이 공교롭게도 자고에 의해 다리를 잘린 위나라 사람이었다. 그는 자고가 당황해하는 모습을 보고 자고에게 말하였다.

"당신은 성을 떠나려고 하시는 것이 아닙니까? 이쪽으로 오십시오. 이곳에 빠져나갈 수 있는 구멍이 있습니다."

자고가 말하였다.

"어떻게 그렇게 할 수 있겠는가? 지식이 있고 덕행이 있는 사람은 그런 곳으로 다닐 수가 없다."

다리 잘린 문지기가 다시 말하였다.

"저쪽에 큰 구멍이 있으니 그곳으로 빠져나가시면 됩니다."

자고는 이 또한 합당한 방법이 아니라고 생각했다. 하지만 사정이 다급하다는 것을 알고 있던 문지기는 자고의 표정을 살핀 후 다시 자고에게 말하였다.

"그러시다면, 이쪽으로 오셔서 저의 집에 몸을 숨기십시오."

자고는 문지기의 집에 몸을 숨기고 추격하는 병사들을 피해 목숨을 지킬 수 있었다. 자고가 길을 떠나기 전에 문지기에게 물었다.

"나는 국법을 보호하기 위하여 친히 명령을 내려 그대의 자리를 자르도록 하였다. 오늘과 같이 위험한 상황에 처했을 때 원수를 갚을 수 있는 절호의 기회인데, 그대는 어째서 오히려 나를 도와준 것인가?"

문지기가 대답하였다.

"월형을 시행한 것은 제가 분명 죄를 지었기 때문이었습니다. 선생은 저의 사건을 심리할 때 여러 가지 법률을 참작하여 저에게 조금이라도 가벼운 형벌을 받게 해주려고 하였던 것을 모두 간파 할 수 있었습니다. 마지막으로 어쩔 수 없이 월형을 내리며 몹시 힘들어하고 고통스러워하는 모습을 보고 선생님이 매우 어지신 군자라는 것을 알았습니다. 저에게 형벌을 내린 것은 단지 국법을 지키기 위해 어쩔 수 없었던 일이었을 뿐입니다. 제가 어떻게 선생에게 원망을 품을 수 있겠습니까?"

후에 공자가 이 일을 듣고는 감탄하여 말하였다.

"관리 노릇을 잘 하는 사람은 자신의 인격 수양에 힘을 쓰고, 관리 노릇을 못하는 사람은 백성들 속에 원한을 더하게 한다. 자고는 관리 노릇을 잘 하는 사람이다."

이일은 대략 기원전 480년의 일로, 당시 위 출공出公이 그의 아버지 괴외와 임금 자리를 놓고 쟁탈전을 벌였기 때문에 자고가 급히 도망쳤던 것이었다. 공자는 세상을 뜨기 전에 마지막으로 자고에 대해 좋은 평을 하였는데, 자고가 관리 노릇을 잘하는 덕을 갖춘 사람이라고 말하였다.

—『설원說苑 · 지공至公』, 『사기史記 · 중니제자열전仲尼弟子列傳』

20

정치가 알아야 할 다섯 가지 미덕과 네 가지 악정

자장이 공자에게 물었다.

"존경하는 선생님, 어떻게 해야만 정사에 참여할 수 있습니까?"

이에 공자는 매우 간결하게 대답하였다.

"다섯 가지의 미덕을 존중하고 네 가지의 악정을 제거한다면 정사에 참여할 수가 있다."

자장이 다시 물었다.

"다섯 가지의 미덕이란 무엇입니까?"

공자가 말하였다.

"군자는 백성들에게 이익을 주면서도 자신은 함부로 낭비하지 않으며, 백성들을 부리면서도 원망을 사지 않고, 인의를 추구하는데 진력하면서 탐욕스럽게 재물을 쫓지 않으며, 태도는 웅대하게 하고 긍지를 가지고 있으면서도 교만하지 않고, 위엄 있고 장중하면서도 흉악하지 않다. 이것이 바로 정치에 참여하는 사람이 반드시 갖추어야할 다섯 가지 미덕이다."

자장은 계속해서 물었다.

"선생님, 백성들에게 이익을 가져다주면서도 자신은 함부로 낭비하는 것이 무엇입니까?"

공자가 대답하였다.

"백성들이 자신들에게 유리한 일을 하게 하는 것이 바로 백성들에게 이익을 얻게 하면서도 자신은 낭비하지 않는 것이 아니겠느냐? 백성들이 할 수 있는 일을 선택하게 한다면 백성들 가운데 어느 누가 원망할 수 있겠느냐? 자신의 인의를 추구하여 그것을 얻게 된다면 어찌 다른 것을 탐내겠느냐? 사람이 많든 적든, 세력이 크든 작든 간에 군자가 태만하지 않는다면 이것이 바로 태도를 웅대하게 하고 긍지를 가지고 있으면서도 교만하지 않는 것이 아니겠느냐? 군자가 외관이 단정하고 태도가 장중하여, 백성들이 그를 보고 즉시 경외하는 마음을 갖는다면, 이것이 바로 위엄이 있고 장중하면서도 흉악하지 않은 것이 아니겠느냐?"

공자의 상세한 대답에 자장은 다섯 가지 미덕을 분명하게 이해할 수 있었다. 자장이 이어서 물었다.

"그렇다면 무엇이 네 가지 악정입니까?"

공자가 대답하였다.

"사전에 교육을 시키지 않고서 살육을 행하는 것을 '잔학'이라고 말하고, 사전에 알리지 않고 갑자기 일을 성취하도록 가혹하게 요구하는 것을 '난폭'이라고 말하며, 시작할 때에는 몹시 태만하다가 갑자기 기일 안에 완성하도록 재촉하는 것을 '적賊'이라고 한다. 마찬가지로 다른 사람에게 주는데 오히려 아까워하는 것을 '인색'이라고 말한다. 이것이 바로 정치를 하는 사람들이 반드시 피해야 할 네 가지의 악정인 것이다.

—『논어論語 · 요왈堯曰』

21

제자들이 농산에서 포부를 말하다

공자가 자로 · 자공 · 안연을 데리고 북쪽 농산에 올랐는데, 정상에 올라가 멀리 바라보니 갑자기 가슴이 확 트이고 이런저런 생각으로 호기浩氣, 호연기기가 동요되었다. 그는 감탄하면서 말하였다.

"산의 최고봉에 올라오니 비장한 생각이 드는구나! 각자 너희들의 생각을 말해 보거라. 나는 너희들이 어떠한 포부를 가지고 있는지 듣고 싶구나."

자로가 먼저 말하였다.

"저는 제 머리에 달빛같이 밝고 맑은 흰 깃털과 태양같이 눈부신 붉은 깃털을 꽂고서 소리가 천치를 진동시키는 종과 북을 연주하고 깃발이 휘날리는 가운데 용사들을 이끌고 싸움터에서 분투한다면, 반드시 성과 땅을 빼앗을 것이고 우리 군대가 가는 곳마다 적을 무너뜨릴 수 있을 것이라고 생각합니다. 저는 이러한 장군에 아주 적합한 사람입니다. 그때가 되면 자공과 안연을 저의 유능한 조수로 삼을 것입니다."

공자는 자로의 말을 들은 후에 그를 평가하여 말하였다.

"너는 정말로 용감한 사람이다. 말속에 대단한 기개가 들어있구나."

자공이 이어서 말하였다.

"저는 가죽으로 만든 흰옷을 입고 시퍼런 칼날로 서로 싸우고 죽이는 교전국 사이를 빈번하게 왕래하면서 세 치의 혀를 가지고 수완을 부려 연합·분열·이간·포섭을 하면서 세객說客, 능란한 말솜씨로 유세(遊說)하며 다니는 사람의 일을 맡아 교전국 백성들을 위해 전쟁의 재난을 해소시키는 일을 하길 원합니다. 저는 이러한 능력을 갖추고 있다고 생각합니다. 그때가 오면 자로와 안연을 저의 조수로 삼겠습니다."

공자는 자공의 말에 대단히 만족스런 미소를 지으며 말하였다.

"정말로 말솜씨가 좋은 지식인이로다. 교전국 사이를 왕래하면서도 대단히 풍모가 있구나."

공자는 이어서 안연이 자신의 뜻을 말하기를 기다렸는데, 아무리 기다려도 안연은 아무 말도 하지 않았다.

공자는 안연을 부르면서 말하였다.

"회回야! 앞으로 오렴. 어째서 너만 네 뜻을 말하지 않고 있느냐?"

안연이 대답하였다.

"문무文武의 일에 대해서는 두 사람이 이미 말하였습니다. 제가 어떻게 감히 그 사이에 낄 수가 있겠습니까?"

공자는 그 말을 듣고 그를 격려하며 말하였다.

"무슨 상관이냐. 네 생각이 그들과 일치하지 않는다고 해도 아무런 상관이 없다."

안연이 말을 하였다.

"저는 소금에 절인 악취 나는 말린 물고기와 향기로운 풀은 함께 놓을 수가 없으며, 현명하신 요 임금, 순 임금은 잔악한 하걸이나 상주와는 함께 국가를 다스릴 수가 없다고 들었습니다. 그러므로 지금 두 사람이 말한 것은 저의 뜻과는 대단히 다릅니다. 저는 현명한 군주를 위해 천하를 다스리는 대신이 되어, 높고 큰 성벽과 깊은 해자垓子, 성 주위에 둘러 판 못로 외환外患, 외부의 적이 쳐들어오는 것에 대한 근심을 두려워하지 않아도 되는 태평한 세상을 만들고 싶습니다. 또한 병기를 모두 농기구로 만들어 천하에 천년 동안

전란이 없도록 하고 싶습니다. 만약 이러한 일이 실현된다면 자로처럼 기개가 산하를 삼킬 듯하고 자공과 같이 수완을 부려 연합 · 분열 · 이간 · 포섭을 하는 말재주꾼이 어디에 필요하겠습니까?"

안연의 말을 듣고 공자는 진심으로 감탄하며 말하였다.

"대단히 훌륭하도다. 이것이 바로, 진정 덕으로 국가를 다스리는 것이다."

자로는 재빨리 손을 들어 공자에게 말하였다.

"선생님, 선생님의 생각을 말씀해주십시오."

공자가 말하였다.

"나의 희망은 바로 안연이 말한 것들이다. 나는 정말로 안연과 같이 덕으로 국가를 다스려야 한다는 주장이 실현되기를 희망한다."

이 세 명의 제자들은 확실히 각각 주장하는 바가 달랐다. 자공은 현실을 가장 잘 파악하고 있는 사회형 인재였다. 그러므로 그는 일을 할 때 기회를 보아가며 진행하는 데 뛰어났다. 또한 그는 장사를 잘해 많은 돈을 벌어 생활이 풍족했다. 자로는 시원스러운 성격으로, 무예를 몹시 좋아하는 대장부였으며 확실히 장군이 되기에 적합한 인물이었다. 안연은 안빈낙도하는 지식인으로, 공자가 늘 여러 장소에서 그의 덕행을 칭찬하였다. 아마도 당시의 사회 환경 속에서 안연의 생각은 현실에 맞지 않았을 것이며, 스승인 공자와 마찬가지로 그의 주장은 현실성이 없었을 것이다.

—『설원說苑·지무指武』

22

자로의 슬瑟 연주에는 북방의 음조가 담겨 있다

슬瑟은 현악기의 일종으로, 형상은 거문고와 비슷하며 일반적으로 25개의 현이 있고 각 현마다 현을 괴는 받침이 있는 악기이다. 이 슬은 춘추시대에 매우 유행하였다.

공자는 음악에 대해 조예가 대단히 깊었으며, 특히 슬을 연주하는 데 있어 독특한 견해를 가지고 있었다. 한번은 자로가 공자가 듣도록 슬을 연주하였는데, 이 소리를 듣고 공자는 자로의 연주 소리에서 북방 민족의 야만적인 살기가 풍겨나오는 느낌을 받았다. 공자는 자로의 연주 소리가 좋지 않다는 생각이 들어 곁에 앉아있던 제자 염유에게 말하였다.

"구求야, 너는 이렇게 음악을 배워서는 안 된다는 것을 자로에게 일깨워 주어야 한다. 이리 오너라. 내가 너에게 일러주겠다."

염유는 공자 옆으로 가까이 다가가 앉아 공손하게 공자가 가르침을 들었다.

"선왕께서 음악을 만드실 때 평화의 중등中等, 가운데 등급의 소리를 근본으로 삼으셨으며, 급하지도 않고 느리지도 않은 중등의 박자를 표준으로 삼으셨다. 이러한 품격은 후에 남방으로 전해졌지만 북방의 음은 이러한 영향을 받지 못하였다. 남방의 기후는 따뜻하고 적당하여 만물이 성장하기에 적합한 곳이지만, 북방의 변경 지역은 풍속이 민첩하고 용맹하여 전쟁하기에 좋은 곳이다. 덕이 있는 군자는 마땅히 중도를 지켜 생명을 보호하는 것을 가장 기본적인 원칙으로 삼아야 한다. 그러므로 이러한 마음이 음악에 반영되면 그 소리는 온화하고 어디에도 치우치지 않아 마치 만물이 성장하기에 적합한 기후와도 같다. 덕행과 수양이 없는 소인들은 이와는 달리 늘 강렬하게 싸우기를 좋아하는 것을 능사로 삼기 때문에 이러한 마음이 음악에 반영되어 슬 소리가 난폭하고 미천하며 살기가 등등하다. 옛날에 순 임금께서 온화한 특징을 갖춘 남방음악을 만드셨는데, 그가 통치하던 시대는 천하가 태평하였다. 지금에 이르러서도 도덕이 있는 왕궁과 귀족들은 여전히 순 임금이 가르친 음악을 연주하고 있다. 상나라 주왕은 북방 변경지역의 음악을 좋아하였는데, 그는 살육을 좋아하여 상 왕조가 갑자기 망하게 되었던 것이다.

지금 자로는 단지 필부匹夫, 한 사람의 평범한 남자의 용기만을 생각하고 있다. 저렇게 이미 선왕이 제정한 예악을 잘 배우려하지 않고, 오히려 포악하고 강렬한 망국의 음을 연주하는 것을 좋아하니, 이후에 어떻게 자신의 칠척이나 되는 몸을 다치지 않고 잘 보존할 수 있겠느냐?"

염유는 스승의 이러한 가르침을 듣고는 곧바로 자로에게 가서 전해주었다. 자로는 스승의 가르침을 기꺼이 받아들이며 염유에게 말하였다.

"선생님이 비평하신 것은 정말 때에 맞는 일이었소. 이건 분명 나의 잘못이오. 나는 여러 차례 선생님의 충고를 듣지 않아 오늘에 이르러서도 슬에서 살벌한 소리를 띠게 되었던 것입니다. 이제부터는 반드시 고치겠습니다."

자로는 이후 칠 일 동안 음식을 줄여 잘못을 고치겠다는 결심을 보여주었다.

—『설원說苑 · 수문修文』

23

공명과 부귀는 뜬구름과 같다

위대한 철학자인 장자莊子가 아주 재미있는 우언寓言, 우화을 말한 적이 있다.

"아득히 먼 남방에 새가 한 마리 있는데, 이름은 완추宛雛라고 한다. 완추는 남해로부터 날아와 북해에 이르는데, 오동나무가 아니면 쉬지 않으며 대나무 과실이 아니면 먹지 않고 감미로운 샘물이 아니면 마시지 않는다.

완추가 하늘에서 날아왔을 때 마침 부엉이가 썩은 쥐를 찾고 있다가 머리를 들어 완추에게 위협적으로 '야!'하고 소리를 쳤는데, 그 의미는 '너도 나의 죽은 쥐를 빼앗아 가려고 하는 거지?'라는 것이었다.

죽은 쥐를 맛있는 먹이로 생각하는 부엉이가 어떻게 완추의 포부를 이해할 수 있겠는가?"

제후들이 서로 다투던 춘추시대에 공자와 같이 위대한 이상주의를 품고 지혜를 갖춘 사람은 바로 장자가 묘사하고 있는 완추인 것이다.

정치에 대한 관심은 공명에 열중하고 있는 것과는 달랐다. 공자가 열국 사이를 14년 동안이나 오갈 때 부귀공명을 얻는 벼슬에 대한 마음이 없었다고 말할 수는 없지만, 이것은 단지 매우 작은 부분에 지나지 않았다. 더욱 중요한 것은, 공자는 자신의 정치적 이상을 굳건히 지키면서 자신이 추구하는 '선왕의 도'가 합리적이고 질서 있는 사회로 건설되기를 희망하였던 것이지, 당시의 통치자에게 뜻을 맞춤으로써 자신의 부귀를 구하고자 했던 것은 결코 아니었다.

기원전 489년, 공자는 초나라에서 위나라로 돌아왔다. 위나라 임금인 출공出公이 공자에게 중대한 임무를 맡기고자 하였으나 공자는 시의時宜, 그 당시의 사정에 알맞은 요구에 맞지 않게 '정명正名'에 대한 주장을 제창하였다. 당시 위 출공은 그의 부친 괴외와 임금 자리를 놓고 쟁탈을 벌이고 있었기 때문에, 공자가 내놓은 임금은 임금다워야 하며, 신하는 신하다워야 하며, 자식은 자식다워야 한다는, 옳고 그름에 대한 주장이 완고하여 누구의 눈에도 들지 않았다. 사정이 이러하거늘 어떻게 공자에게 임무를 맡길 수 있었겠는가? 공자의 제자인 자로조차도 시대 상황을 파악하지 못하는 스승의 완고함에 화가 나서 "선생님은 정말로 세상을 너무 모르십니다."라고 공자를 원망할 정도였다.

공자는 이처럼 완고한 노인으로 자신의 정치적 이상을 버릴 수도 없었지만, 그렇다고 그 부엉이처럼 썩은 쥐를 먹을 리도 없었다. 그는 일찍이 다음과 같이 말하였다.

"도가 행해지지 않으니 뗏목을 바다에 띄워야겠다."

이 말은 자신의 주장이 실현되지 않을 때는 나무로 만든 뗏목을 타고 해외로 나가겠다는 의지를 표현한 것이었다. 이것은 전형적인 정치 이상주의자의 사유방식과 행동준칙이었다. 공자는 그의 포부와 이상이 실현될 수 없었을 때에도 절대로 뜻을 굽히거나 구차하게 부귀영화를 얻고자 하지 않았다. 그는 일심으로 이상적인 정치 세계의 건설을 희망하는 이상주의자였다. 이 점이 공자가 공명과 부귀를 얻는 것을 목표로 삼아 정치에 관심을 가지는 사람들과 완전히 다른 점이다.

노년의 공자는 오직 교육 사업에만 진력하였다. 한번은 제자들에게 말하였다.

"거친 음식을 먹고 맑은 물을 마시며 게다가 팔을 베개 삼아 잠을 잔다면, 이것은 대단한 즐거움이다. 불의의 수단으로 얻은 영화와 부귀 같은 것들은 내 입장에서 본다면 하늘에 있는 뜬구름과 같은 것이다."

공자의 이 말은 그 후 수천 년 동안 그와 같이 어진 수많은 사람들과 인에 뜻을 둔 사람들의 공감과 감탄을 받았으며, 매우 고전적인 명언으로 전해지고 있다.

공명과 부귀는 뜬구름과 같을 뿐이다!

―『논어論語 · 술이述而』 · 『장자莊子 · 추수秋水』

24

숨어 지내는 자사가 병듦의 본뜻을 이야기하다

원헌原憲의 자는 자사子思이며, 춘추시대 노나라 사람이다. 그는 공자보다 서른여섯 살이 적었다. 그는 공자의 제자들 중에서 공명과 관록에 관심이 없는 사람 가운데 한 사람이었다.

원헌은 어떠한 행동이 부끄러워할 만한 것인지에 대해 공자에게 가르침을 청하였다. 공자가 말하였다.

"만약 한 나라의 군주가 나라를 다스리는 일을 이해하고 아울러 나라를 잘 다스린다고 할 때, 학문이 있는 사람이 그 나라의 관리가 되어 봉급을 받는 것이야말로 매우 가치 있는 일이다. 그러나 만약 어리석은 임금이 정권을 잡아 백성들이 안심하고 생활할 수 없는데, 학문이 있는 사람이 그 나라의 관리가 되어 봉급을 받는다면 이는 매우 부끄러운 일이라고 하겠다."

원헌은 또 다시 물었다.

"만약 어떤 사람이 승벽勝癖, 호승지벽(好勝之癖). 남과 겨루어 이기기를 좋아하는 성미나 버릇과 공로를 과시하지 않고 또한 다른 사람을 질투하거나 부끄러워할 만한 탐욕을 부리지 않는다면, 이러한 사람을 인덕이 있다고 말할 수 있습니까?"

공자가 대답하였다.

"이 네 가지를 행한다는 것은 실제로 대단히 어렵고도 힘든 일이긴 하지만, 인덕이 있다고 볼 수는 없다."

후에 공자가 세상을 떠나자 원헌은 위나라의 시골에 숨어지냈다. 당시 자공은 위나라에서 벼슬을 하고 있었는데, 그의 지위는 후세에서 말하는 재상의 지위에 이르렀다.

동문수학하던 원헌이 자신이 다스리는 지역 안에 있었기 때문에 자공이 친구를 찾아가 보려고 한 것은 당연한 일이었다. 자공은 말 네 필이 끄는 화려한 수레를 타고 기마병들의 수행 아래 위풍당당하게 원헌이 살고 있는 곳을 향해 출발하였다. 원헌은 자공이 가시나무를 베면서 가야 할 정도로 길이 험한 편벽偏僻, 중심에서 떨어져 구석진 곳한 곳에 살고 있었다. 마침내 자공이 가까스로 원헌의 초라한 집 앞에 도착하였다. 원헌은 자공이 찾아왔다는 말을 듣고 문 앞까지 나와 맞이하였는데, 그의 모습은 비쩍 마르고 누렇게 뜬 얼굴에 다 해진 옷을 걸쳤으며, 손에는 나무 지팡이를 짚고 있었다.

원헌의 볼품없는 몰골에 자공은 차마 얼굴을 들어 쳐다볼 수가 없었다. 자공이 원헌에게 물었다.

"그대의 이 모습은 병이 나서 그런 것인가, 아니면 무슨 다른 일이 있어서 인가?"

원헌은 자공의 물음 속에 자신을 질책하는 뜻이 들어있음을 알고 대답하였다.

"진짜 환자라는 것은 인생의 위대한 도리를 배우고서도 그것을 실천하지 않는 사람이라는 말을 들었네. 나의 이러한 모습은 가난 때문이지, 병이 나서 그런 것은 아니라네."

자공은 그의 말을 듣고 숨길 수 없는 부끄러움을 느꼈다. 자신은 단지 일개 관리에 지나지 않으면서도 선생님의 가르침을 잊어버리고 득의양양하고 있다는 생각에, 이는 정말 해서는 안 될 일임을 깨달았다.

자공은 원헌과의 만남이 그다지 유쾌하지 않아 어려운 길을 찾아왔으면서도 오래 머물지 않고 곧장 되돌아갔다.

—『사기史記 · 중니제자열전仲尼弟子列傳』

25

팔뚝이 부러졌던 사람은 양의가 될 수 있다

기원전 486년, 공자는 진나라에서 초나라로 가는 변경에서 반란군을 만나 포위를 당하였는데, 이때 여러 날 계속된 포위로 인해 건량乾糧, 먼 길을 가는 데 지니고 다니기 쉽게 만든 양식이 떨어지는 낭패를 겪게 되었다. 상황이 상황인지라 당시 공자를 따라온 제자들은 한결같이 굶주린 기색이 역력하였는데, 공자는 그들과 달리 길옆에 있는 낡은 집의 기둥 사이에 아무 일도 없다는 듯 태연하게 앉아 맑고 큰소리로 노래를 불렀다. 다른 제자들은 감히 선생님을 방해하지 못하고 있었지만 성질 급한 자로는 공자에게 가서 그 연유를 물었다.

"선생님, 선생님은 이렇게 허술한 곳에서 큰 소리로 노래를 부르고 계시는데, 이것이 예절에 맞는 일이라고 생각하십니까?"

공자는 자로의 말에는 전혀 아랑곳하지 않고 부르던 노래를 계속해서 불렀다. 잠시 후 한 곡이 다 끝난 뒤에야 공자는 비로소 고개를 돌려 자로에게 말하였다.

"유야, 학문과 도덕이 있는 사람이 음악을 좋아하는 것은 마음속의 교만을 해소시키기 위한 것이고, 학문이 없고 수양이 안 된 사람이 노래를 불러 즐기는 것은 다만 자신에게 용기를 북돋우고 마음속의 두려움을 해소시키기 위한 것일 뿐이다. 누가 나를 이해할 수 있겠느냐? 설마 너 역시 나를 이해하지 못하면서 맹목적으로 나를 따라온 것은 아니겠지?"

자로는 공자의 말에 동의할 수가 없었다. 그는 불만을 표시하기 위해 공자의 면전에서 자신이 차고 있던 검을 뽑아 들고 노랫소리에 맞춰 한바탕 춤을 추고는 물러났다.

포위를 당한 지 칠 일째 되던 날에도 공자는 여전히 그 속에서 즐거움을 느끼고 있는 듯했는데, 그 모습이 마치 이 상황과 전혀 관계 없는 사람이 노래를 부르고 있는 듯하였다. 자로는 이렇게 지나치게 평정한 공자의 모습에 화가 나, 씩씩거리면서 공자에게 다시 가서 그 연유를 물었다.

"선생님, 선생님은 이러한 상황에서도 여전히 음악 공부를 하고 계시는데, 설마 이것이 시의에 적절한 행동이라고 생각하시는 것은 아니시겠지요?"

공자는 여전히 아랑곳하지 않고서 한 곡을 다 부른 후에야 대답하였다.

"유야, 너도 잘 생각해보렴. 제환공·월왕 구천·진문공 등은 유명한 제후국의 패주들인데, 그 가운데 어느 한 분이라도 곤란한 지경을 겪지 않은 분이 있느냐? 문제를 보는 데는 원대한 식견이 있어야 한다. 우리들이 지금 이곳에서 곤경을 당하고 있는 것은 아마도 제환공과 같은 분들처럼 그렇게 우뚝 솟으려는 징조일지도 모르는 일이다."

이튿날, 초나라의 도움으로 드디어 반란군이 물러났다. 자공은 공자가 탄 수레의 고삐를 잡고 아주 감개무량해하며 사람들에게 말하였다.

"우리들이 선생님을 따라 이곳에 와서 액운을 만났는데, 여러분들은 이후에도 이 일을 잊지 않기를 바랍니다."

공자는 그 말을 듣고는 급히 말하였다.

"뭐라고! 이건 또 무슨 말이냐? 어떻게 액운이라고 말할 수 있단 말이냐? 너희들은 이러한 속어俗語, 속담를 들어본 적이 없느냐? 팔뚝이 세 번이나 부러졌던 사람은 양의良醫가 될 수 있다고 말하지 않더냐? 이번에 진나라와 채나라에서 양식이 떨어졌지만, 이것은 나 공자의 행운이며 또한 너희들의 행운이기도 하다. 나는 일찍이 군주가 된 사람이 곤액困厄, 뜻밖에 당하는 불행을 당하지 않으면 현명한 왕이 될 수 없다는 말을 들었다. 옛날 주 문왕은 강리의 감옥에 갇혀 있었으며, 진 목공은 효 땅에서 곤액을 당하였고, 제환공은 장작에서 곤액을 당하였으며, 구천은 회계에서 곤액을 당하였다. 그들은 후에 모두 일대의 명군들이 되었다. 이번에 이러한 곤경에 처하면서 나는 춥다가 갑자기 더워지고, 덥다가 갑자기 추워지는 듯한 느낌을 받았다. 진정한 현자만이 이러한 맛을 느낄 수 있는 것이니, 말로 설명하기가 어려운 것이다."

—『설원說苑 · 잡언雜言』

공자께서 말씀하셨다.

"사람이 먼 장래를 걱정하지 않으면 가까운 미래에 반드시 걱정거리가 생긴다."

孔子

孔子

어진 선비의 정신

26

어진 이는 산을 좋아하고, 지혜로운 이는 물을 좋아한다

속담에 "산은 물을 얻어 활기를 얻고, 물은 산을 얻어 신령스러워진다."는 말이 있다. 이것은 산과 물이 서로 밀접한 관계를 가지고 있음을 말해준다. 이런 이유로 고대 중국인들은 산과 물이 도덕적 의미와 종교적 의미를 동시에 갖추고 있다고 생각했다. 높은 산과 우거진 산림은 사람들의 상상력에 의해 신선이 거주하는 곳으로 묘사되기도 하고, 바다 위의 방주芳洲, 향기 나는 꽃들이 가득한 섬와 산중의 기연奇淵, 기이한 연못 역시 신선이나 요괴가 나타나는 곳으로 묘사되기도 하였다.

산은 현자들이 은거하는 곳으로 고결함·위용·신념 등을 나타내며, 물은 맑은 영혼의 상징으로 넓은 가슴과 지식이나 장구한 시간의 흐름 등에 비유되기도 한다.

산과 물의 이러한 상징적 의미에 대해 공자 역시 말한 적이 있다. "어진 사람은 산을 좋아하고, 지혜로운 사람은 물을 좋아한다."는 이 말은, 인애仁

愛, 어진 마음으로 남을 사랑하는 것한 마음을 지닌 사람은 높고 거대한 산을 좋아하고, 지혜로운 사람은 광대한 물을 좋아한다는 뜻이다. 그러므로 공자가 언급한 인애와 산, 그리고 지혜와 물은 서로 같은 성질을 지니고 있다고 볼 수 있다.

한번은 자공이 공자에게 물었다.

"덕과 지혜가 있는 사람은 강물이 흘러가는 것을 보면 반드시 멈추어 서서 쳐다보는데, 무슨 까닭에서입니까?"

공자는 거침없이 그 이치를 설명하였다.

"본래 군자는 물을 상징으로 삼고 있다. 물이란 어느 곳으로나 흘러 갈 수 있기 때문에 조금의 사심이나 잡념이 없다. 진정으로 훌륭한 덕행은 이와 같지 않겠느냐? 물이 이르는 곳이면 어느 곳이나 만물이 성장할 수 있는데, 이는 마치 인애가 모든 백성들에게 고루 미치는 것과 같다. 물은 아래로 흐를 뿐만 아니라 물길을 따라 앞으로 나아가기도 하는데, 이는 마치 사람이 의義를 갖추고 있는 것과 같다. 얕은 물은 걸어서 쉽게 건널 수 있지만 깊은 물은 그 깊이도 측정하기 어려운데, 이는 마치 사람의 지혜와 같다. 물은 때때로 수천 척 높이의 계곡이나 벼랑 끝에서 떨어져도 조금도 주저하지 않고 앞으로 나아가니, 이는 마치 사람이 용감한 품성을 갖추고 있는 것과 같다. 설사 힘없는 작은 물방울이라 하더라도 자신의 목적을 향해 나아가니, 마치 사람이 통찰력을 갖추고 있는 것과 같다. 아무리 더러운 물건이라도 물로 씻어내면 모두 깨끗하고 정갈하게 되니, 마치 사람을 선善으로 교화하는 것과 같은 품성을 갖추고 있다. 그릇에 담겨있는 물의 표면은 언제나 평평한데, 이는 마치 사람의 정직하고 공정한 품성과도 같다. 또한 물은 그릇에 가득 차면 한 방울도 더 담을 수 없으니, 마치 사람이 헤아릴 줄 아는 능력을 가지고 있는 것과 같다. 물이 아무리 굽이굽이 돌아 흐른다 해도 결국은 동쪽을 향해 흘러가기 마련이니. 마치 사람이 굳은 의지를 갖추고 있는 듯하다. 바로 이와 같은 이유로 덕과 지혜를 갖춘 사람이 물이 흘러가는 광경을 마주하게 되면 자세히 관찰하기 위해 발걸음을 멈추게 되는 것이니라."

자공은 공자의 말을 듣고 공손히 인사한 후, 흡족한 표정으로 돌아갔다.

—『설원說苑 · 잡언雜言』

27

공자가 가슴속에 대도大道를 품다

복상卜商의 자字는 자하子夏이며, 공자에 비해 나이가 마흔 살이나 적었다. 자하는 공자의 72명 제자 가운데 문학적인 방면에 가장 뛰어났는데, 어느 날 공자가 자하에게 "여위군자유汝爲君子儒, 무위소인유無爲小人儒."라는 말을 하였다. 이 말은 '자하 너는 도리에 통달한 사람이 되겠느냐, 아니면 헛된 명예를 탐내는 가짜 유생이 되겠느냐?'라는 물음이었다.

후에 자하는 학문을 성취한 후에 공자의 말씀을 받들어 한결같은 마음으로 후학을 가르치는 일에 매진하였다. 그리고 뒷날 위魏 문후文侯의 스승이 되었다. 〔위 문후는 전국시대 위魏나라의 건립자로, 위 환자桓子의 아들이다. 기원전 445년부터 기원전 396년까지 재위하였고, 일찍이 이리李悝를 재상에, 오기吳起를 장군에 임용하여 위나라를 당시에 강국으로 만들었다.〕

자하가 한번은 공자에게 가르침을 청하였다.

"선생님께서는 안연의 사람됨을 어떻게 보십니까?"

그러자 공자가 대답하였다.

"안연은 신의를 지키는 면에서는 나보다 훨씬 훌륭하다."

자하는 공자의 대답이 매우 흥미롭다는 생각이 들어 계속해서 공자에게 질문을 하였다.

"자공의 사람됨은 어떠합니까?"

"그의 민첩함은 이미 나를 뛰어넘은 지 오래다."

"그렇다면 자로는 어떠합니까?"

"자로는 용감함이 있어 나를 능가한다."

"자장은 어떻습니까?"

"그의 진중한 태도는 나보다 한 수 위다."

자하는 물음을 더할수록 공자의 말이 흥미로웠으나, 이해가 되지 않았다. 그래서 급히 일어나 공손하게 자세를 갖춘 뒤 공자에게 물었다.

"선생님, 선생님께서 말씀하신 네 명의 제자가 모두 이미 선생님보다 훌륭하다고 한다면, 무엇으로 그들을 선생님의 제자라 할 수 있겠습니까?"

공자는 자하의 물음에 손을 저으며 대답하였다.

“앉거라. 내 말을 천천히 들어 보거라. 안연은 비록 신의를 잘 지키기는 하나 너무 고집스럽고, 자하는 말하는 것이나 생각함에 있어 민첩하기는 하나 언제 양보해야 하는지 잘 모른다. 자로는 용감하기만 할 뿐, 겁내는 마음이 조금도 없으니 화를 면하기 어렵다. 자장은 진중하기는 하나 다른 사람과 잘 어울리지 못한다. 내가 이러한 면에서 그릇됨이 없는 까닭에 그들이 나를 찾아와 나의 제자가 된 것이다.”

자하는 이치에 맞는 공자의 대답을 듣고, 선생님은 가슴속에 대도를 품고 계신 분이라고 생각하게 되었다.

—『사기史記 · 중니제자열전仲尼弟子列傳』, 『설원說苑 · 잡언雜言』

28

접여가 광가狂歌를 불러 공자에게 권유하다

중국 고대에는 벼슬을 하지 않고 숨어 사는 학덕이 높은 선비, 즉 은사隱士들이 매우 많았다. 그들은 재능은 뛰어났으나 정치에 불만을 품거나 국가에 등용되지 못했기 때문에, 조정에서 물러나 자연에 머물면서 수신修身, 마음과 행실을 바르게 하도록 심신을 닦는 것과 양생養生, 건강의 유지와 증진 에 힘쓰는 것을 하며 지냈다. 이러한 은사 가운데 어떤 사람들은 깊은 산속으로 들어가지 않고 번화한 도심 속에서 스스로 그 즐거움을 누리며 통치자와 왕래하는 것을 즐기는 사람들도 있었다. "소은小隱은 저자에 몸을 숨기고, 대은大隱은 조정에 숨는다."라고 한 말이 바로 이러한 모습을 담은 것이다.

고대 중국의 황제와 군주들은 나라에 은사가 없는 것을 자랑으로 여겼다. 은사가 없다는 것은 자신들이 어진 인재들을 중요시 여긴다는 것, 즉 뛰어난 인재들이 자신들에 의해 모두 조정의 관리가 되었다는 것을 나타내는 것이라 생각하였기 때문에 이를 자랑거리로 여긴 것이다.

상하 좌우의 일치된 조화를 강조하던 고대 중국은 웃자란 보리 이삭을 낫으로 베어버리는 것과 같은 방법으로 자신들만의 질서를 유지하고자 노력하였다. 이 때문에 수많은 인재들이 종종 운수 사나운 꼴을 당해야만 했다. 전국시대의 사상가 순자荀子가 이상을 꿈꾸던 "천하에 은사가 없는 사회"는 그저 달콤한 희망에 불과했다.

춘추말기 초나라에는 접여接輿라는 덕이 높은 은사가 있었다. 그가 당시 군주들의 마음을 꿰뚫어 보니, 군주들이 필요로 하는 사람은 재능이 있거나 덕이 있는 사람이 아니었다.

초나라의 역대 군주들은 한결같이 포악하고 교만하여 어진 인재들을 중시하지 않았다. 더구나 초나라의 영왕靈王이나 평왕平王 같은 왕들은 더욱 잔인하고 포악하여 어떤 사람이 평범한 사람인지 구별할 줄도 모르는, 어리석기 짝이 없는 군주였다. 실제로 당시 군주들은 자신들의 뜻을 거스르지 않고 비위를 잘 맞출 줄 아는 사람들을 등용하여 곁에 두고자 하였다.

이러한 상황을 누구보다도 잘 알고 있던 접여는 벼슬을 하지 않고 초나라 자연에 은둔하면서 은자 생활을 하였다. 게다가 그는 평소에 정신 나간 사람처럼 행동하였기 때문에, 사람들은 그를 "미친 사람"이라고 불렀다.

한번은 공자가 초나라 소왕昭王의 초청을 받고 초나라 변경에 이르렀을 때 접여가 노래를 불러, 군자들이 자신을 등용해줄 것이라고 생각하고 있는 공자를 단념하도록 권유한 일이 있었다. 이것은 기원전 489년의 일로, 당시 공자는 진陳나라에서 초나라에 가 초나라 소왕의 중용을 받고자 하던 때였다.

당시 초나라의 소왕은 공자가 정권을 장악하게 되면 자신을 따르는 사람들과 함께 반란을 일으킬 것이라는 참언讒言을 들었다. 그래서 소왕은 바로 마음을 바꾸어, 애타게 자신이 불러주기만을 기다리고 있던 공자에게 아무런 답변도 주지 않고 모른 척하였다. 일이 이렇게 되자 공자는 더 이상 참기 힘들었다. 그가 이번에 초나라에 간 것은 소왕이 자신을 중용하여 정치를 맡길 것이라고 믿었기 때문이다. 하지만 어느 누구도 소왕이 마음을 바꿀 것이라고 생각하지 못했다. 그러나 공자는 소왕의 마음이 변했다고 해서 바로 돌아올 수 없었다. 그는 소왕의 마음을 돌려 자신의 재능을 발휘해보고 싶은 희망을 버릴 수가 없어 변경에 계속해 머물렀다. 그러던 어느 날 공자가 제자들과 함께 한가롭게 수레에 앉아 있는데, 저 멀리서 정신이 반쯤 나간 듯한 사람이 공자의 수레를 향해 헐레벌떡 뛰어오며 큰 소리로 노래를 부르는 모습이 보였다.

"봉새야, 봉새!
너의 덕행이 쇠퇴했구나!
지난 일은 다시 말하지 마라.
앞으로 또 만회할 수 있다고 생각하지만,
그만둬라, 그만둬.
지금 정치하는 사람들은 모두 썩어빠진 사람들이다."

공자는 노래를 듣고 급히 수레에서 내려 이 정신 나간 듯한 기인과 자신의 심사를 몇 마디 나누고자 하였으나, 노래를 부르던 사람은 이미 연기처럼 사라지고 보이지 않았다.

이때 바람처럼 나타났다 사라진 사람이 바로 접여였다. 그가 이 노래를 부른 이유는 공자가 하루라도 빨리 정치에 대한 야망을 버려 봉황과 같은 고결한 덕행에 오점을 남기지 말 것을 권유하기 위해서였다. 그러나 당시 공자는 자신의 정치사상을 펼치고자 하는 조급한 마음에 접여의 말을 받아들이지 않았다.

이 일이 있은 후 얼마 되지 않아 공자는 고기 잡는 노인과 마주치게 되었다. 이 노인은 고기를 낚으면서 노래를 불렀는데, 그 노래가 공자의 귀에 들렸다.

"창랑의 물은 푸르니,
내 갓끈이나 씻자구나.
창랑의 물이 탁하니,
내 발이나 씻자구나."

이 얼마나 인생에 대한 평화로운 태도인가! 혼탁한 세상에서 벗어나 자연에 귀의하여 한가롭게 인생을 즐기는 이 늙은 어부를 두고 어찌 은사라 말하지 않을 수 있겠는가.

여전히 혼탁한 세상에서 벗어나지 못하고 있던 공자 역시 마땅히 이와 같은 태도를 취해야 하지 않았겠는가. 그러나 오직 한마음으로 주공周公이 이룬 업적을 성취하고자 결심했던 공자는 접여나 늙은 어부와 같이 세상을 꿰뚫어 보지 못했다. 그는 여전히 국경 변두리에서 기다리며 초나라 군주로부터 중용되기를 간절히 희망했다. 그해 가을, 초나라 소왕이 성보城父에서 병으로 세상을 떠나자, 일 년 가까이 기다리던 공자는 실망만을 안은 채 초나라를 떠날 수밖에 없었다. 온통 피로와 실망감으로 지친 공자는 접여와 늙은 어부의 생각이 옳았음을 알고, 마침내 "거친 밥을 먹고 물을 마시며 팔을 베개 삼아 누우니, 즐거움이 이 안에 있도다."라는 말을 남기게 되었다.

— 『논어論語 · 미자微子』, 『맹자孟子 · 이루상離婁上』

29

조수와 무리 짓는 것을 원하지 않다

인간 세상의 크나큰 도리도 때로는 간단할 때가 있다. 그리고 지극히 평범한 사람이 그 이치를 깨닫기도 한다. 반면에 스스로 자신이 뛰어나다고 생각하여 대도를 추구하는 사람이 오히려 자신이 파놓은 함정에 쉽게 빠져 도대체 무엇이 진정한 대도인지 알지 못하게 되는 경우도 종종 있다. 속담에 "자신은 잘 보이지 않아도 구경하는 사람은 잘 보인다."라는 말이 있는데, 우리의 인간사 역시 이와 비슷하다.

공자의 총명함이 비록 한 세상을 떠들썩하게 했다고는 하나, 그 역시 한순간의 어리석음에서 벗어나지 못했다.

혼란스럽던 춘추시대에 어느 누구도 공자가 주장하는 "인정仁政"에 흥미를 느끼지 않았다. 주나라 임금마저도 제후들의 냉대 속에서 겨우 그 명맥만을 유지하며 눈치를 살펴야하는 상황 속에서 어찌 선왕의 도를 논할 겨를이 있었겠는가?

이와 같이 간단한 도리를 총명한 공자는 14년이란 긴 세월을 보낸 후에야 비로소 깨달을 수 있었다. 여기서 한 가지 재미있는 것은 이 문제에 대해, 초나라 접여와 같은 은사를 접어두고라도, 당시 농사를 짓던 농부나 사냥을 하는 사냥꾼들이 공자보다 더 정확하게 인식하고 있었다는 점이다. 위衛나라의 장저長沮와 걸익桀溺 역시 이와 같은 사람들이었다.

기원전 489년, 공자는 초나라에서 위나라로 가는 길에 이 두 사람을 만나게 되었다. 당시 장저와 걸익은 밭을 갈고 있었는데, 공자가 제자와 함께 그들 옆을 지나가게 되었다. 나루터를 찾고 있던 공자는 자로에게 나루터가 어디쯤인지 물어보도록 하였다. 자로가 밭 근처에 이르러 장저에게 나루터가 어디쯤인지를 묻자, 장저는 대답은 하지 않고 오히려 그에게 되물었다.

"저기 수레를 타고 있는 사람이 누구요?"

자로가 말하였다.

"네, 그렇습니다. 바로 노나라의 공구인 공자입니다."

당시 사람들은 공자를 노나라의 대학자라고 말하였다. 장저가 곧 이어서 말하였다.

"박학다식한 공구는 이미 나루터가 어디 있는지 알고 있을 텐데, 하필 나처럼 밭가는 사람에게 묻는단 말이오?"

장저는 말을 마치고는 더 이상 자로를 상대해주지 않았다. 할 수 없이 자로는 장저 옆에서 바쁘게 일하는 걸익에게 길을 물어보았는데, 걸익 역시 쉽게 대할 수 있는 사람이 아니었다. 걸익은 자로의 물음에는 대답하지 않고 오히려 자로에게 물었다.

"당신은 누구요?"

자로가 대답하였다.

"저는 중유仲由 자로의 본명라고 합니다. 노나라 사람 공구의 제자입니다."

자로는 걸익이 장저와 달리 나루터가 어디 있는지 말해주리라 기대하였다. 그러나 걸익 역시 자로의 소개를 듣고 나루터가 어디 있는지 말해주기는커녕 자로에게 한바탕 훈계를 늘어놓았다.

"지금 세상은 마치 홍수가 범람한 것처럼 혼란스러운데 어디 가서 인정仁政을 펼 수 있겠소? 세상의 이치도 모르는 사람을 따라 동분서주하느니, 차라리 나를 따라 세상일을 묻지 않는 사람이 되는 게 낫지 않겠소?"

걸익은 말을 마치고 자로를 외면한 채 다시 장저와 함께 바쁘게 밭을 갈기 시작하였다. 자로는 하는 수 없이 공자에게 돌아와 두 사람에 관한 일을 자세하게 이야기하였고, 이에 공자는 큰 실망감을 느꼈다. 이야기를 듣고 공자는 쉽게 자신의 포부를 포기할 수 없었으나 그들의 말이 하나도 틀리지 않았으므로 포기하지 않을 수도 없었다. 공자는 그들이 세속을 등진 은사라는 것을 알아차렸다. 공자의 심정은 바람 속의 가을 갈대처럼 어지럽게 흔들렸다. 그는 답답한 마음으로 자로에게 말하였다.

"장저와 걸익처럼 조수鳥獸, 날짐승과 길짐승와 함께 지내는 일을 하지 않고 동분서주하는 것은 지금 천하가 태평하지 않기 때문이다. 만일 천하가 정말로 태평하고 정치가 잘 이루어진다면 내가 분주하게 돌아다닐 이유가 없질 않겠느냐."

이 말은 공자가 장저와 걸익에게 일침을 가한 것이었다. 장저가 앞에서 한 말은 공자가 이미 인생의 정확한 나루터를 알고 있다는 뜻이고, 걸익이 한 말은 공자가 세상일을 모른다고 질책한 것이다. 비록 두 사람의 견해가 모두 일리가 있지만, 공자가 자신의 이상 실현을 위해 보여준 불굴의 의지는 우리에게 큰 감동을 준다.

—『논어論語 · 미자微子』

30

누가 손발이 있으면서 일을 하지 않는가?

공자가 제자들을 거느리고 여러 나라를 두루 돌아다니던 중이었다. 한번은 공자가 제자들과 함께 길을 걸어가고 있는데, 자로가 일이 생겨 뒤처지게 되었다. 자로가 일을 마치고 일행의 뒤를 좇아오자니 자연히 사람들에게 길을 묻게 되었다. 그때 자로는 우연히 한 노인을 만나게 되었는데, 노인은 지팡이 위에 밭을 갈 때 쓰는 죽기竹器를 걸치고 밭에 나가 일을 하려는 중이었다. 자로가 급히 그의 앞으로 다가가서 물었다.

"노인장, 노인장께서는 혹시 저의 선생님을 보지 못하셨습니까?"

노인이 대답하였다.

"손발이 있으면서도 일하지 않고 오곡五穀 다섯 가지 중요한 곡식. 쌀, 보리, 콩, 조, 기장을 이름도 분별하지 못하는데, 누가 그대의 선생이란 말인가?"

노인은 지팡이를 밭에 꽂고서 그대로 머리를 숙이고 호미로 잡초를 뽑기 시작하였다. 자로는 밑도 끝도 없는 그의 말을 듣고 문득 마음속에 공자가 제자들을 거느리고 부귀공명을 구하기 위해 사방으로 분주하게 다니는 것을 풍자한 말이라는 생각이 들어, 공손하게 밭두둑에 서서 노인의 일이 끝나기를 기다렸다. 일을 끝낸 노인은 자로를 자신의 집에 초대하여 하룻밤을 묵어가도록 하고, 닭을 잡아 자로를 대접하였다.

이튿날, 자로는 작별인사를 하고 다시 여행길에 올라 공자가 머무는 곳에 이르게 되었다. 공자를 만난 자로는 지난밤의 일을 있는 그대로 자세하게 이야기하였다. 공자는 묵묵히 자로의 말을 듣고는 입을 열었다.

"그분은 분명 은사隱士로다."

공자는 자로에게 오던 길을 되돌아가서 다시 그 노인을 만나 가르침을 청하도록 하였다. 그러나 자로가 노인의 집에 이르렀을 때 노인은 이미 집을 나가고 없었다.

자로는 노인의 말에서 큰 감명을 받았다.

"세상에 나와 벼슬을 하지 않는다는 것은 옳은 일이 아니다. 어른과 아이 사이의 예절은 없앨 수 없는 것이며, 임금과 신하의 정상적인 관계 또한 없앨 수 없는 것이다. 만일 자신의 고결함을 유지하기 위해 세상에 나와서도 벼슬을 하지 않는다면, 군신 간의 윤리를 파괴하는 행동이다. 군자가 세상에 나와 벼슬을 하는 것은 당연히 해야 할 일이다. 우리의 정치적 주장이 실현될 수 없다는 것도 나는 일찍이 알고 있다."

—『논어論語 · 미자微子』

31

노부인이 옛 물건을 잊지 않다

하루는 공자가 소원所員에 나들이를 갔는데, 어떤 부인이 늪가에서 울고 있는 모습이 보였다. 그 울음소리가 너무 애통하여 사람의 애간장을 녹이는 듯하였다.

공자가 마음속으로 괴이하게 여겨 수행하던 제자에게 그 연유를 알아보도록 하였다. 제자가 부인에게 울고 있는 연유를 묻자 부인이 말하였다.

"방금 전에 밭에서 억새풀을 잘라 땔나무를 만들다가 억새풀 줄기로 만든 비녀를 잃어 버렸습니다. 오랫동안 지녔던 비녀라 이처럼 상심하는 것입니다."

제자가 이 말을 듣고 의아하여 물었다.

"몇 푼 되지 않을 비녀를 잃어버렸다고 이렇게 상심할 필요가 있습니까?"

그러자 부인이 대답하였다.

"이렇게 상심하는 것은 비녀를 잃어버렸기 때문이 아니라, 옛것을 잊을 수 없기 때문이라오."

『시경詩經』에 이르길 "대代 지금의 산서성 북동 지방 땅의 말은 북풍에 의지하고, 날아가는 새는 옛 둥지에 깃든다"고 하였는데, 이 말은 옛 일을 잊지 못한다는 의미를 담고 있다.

—『한시외전韓詩外傳』 권9, 제13장

32

동곽문 앞 상갓집 개라고 불린 공자

동주東周시대 귀족들은 차림새에 많은 신경을 썼다. 그들이 신경을 쓴 것 중에는 장검이 있었는데, 장검은 반드시 차야 하는 물건이었으나 실제로 사용하는 것이라기보다 신분과 지위를 상징하는 도구로 활용되었다. 한 예로, 형가荊軻, 중국 전국시대의 자객가 진왕秦王을 살해하려고 할 때 진왕은 몸에 차고 있던 장검을 일순간에 뽑을 수 없어 대전 뒤의 기둥으로 몸을 피할 수밖에 없었는데, 이는 당시 몸에 지닌 검이 너무 길었기 때문이었다. 물론 그때도 단검은 있었지만 귀족들은 몸에 차는 검만은 반드시 긴 것을 사용하였다. 또한 몸에는 높은 관을 쓰고 폭이 넓은 띠를 둘렀으며, 소매는 길고 넓었으며, 의발은 풍만하고 컸다. 그리고 몸 양쪽에는 맑은 소리가 나는 옥패玉佩를 차고 있어, 걸음을 걸을 때마다 그 위세가 대단하였다. 그러나 이러한 차림새는 황급한 상황에서 거추장스러운 물건에 지나지 않았다.

공자의 조상은 원래 송나라 귀족이었으며, 그 역시 노나라의 대학자였다. 그래서 공자는 평소 의복이나 수레 등 자신의 신분을 나타내는 상징적인 물건을 매우 중시하였다. 그러나 열국列國을 돌아다니는 중에는 몇 번이나 위험한 상황을 만나기도 했으며, 어떤 때에는 농부의 옷으로 갈아입고 몰래 도망쳐 나오는 낭패스런 모습을 보이기도 했다. 또한 동분서주하며 어진 정치[仁政]를 펼칠 것을 주장했으나 아무도 그에게 호응해주는 사람이 없었으니, 그의 처량한 모습을 가히 짐작할 수 있을 것이다. 이러한 상황에서 높은 관을 쓰고 폭이 넓은 띠를 두르고 있는 공자의 모습은 사람들에게 어딘지 모르게 희극적인 느낌을 주었을 것이다.

한번은 공자가 황급히 위나라를 떠날 때 실의에 빠진 낭패한 모습으로 인해 위나라 사람들에게 상갓집 개라고 불린 일도 있었다. 이는 대략 기원전 496년의 일로, 공자가 위나라에서 지낸 지 10개월쯤 되었을 때의 일이다. 당시 위나라 임금이었던 영공靈公은 몇몇 신하들의 말을 듣고 공자와 제자들이 모반을 꾀한다고 의심하여 사람을 보내 공자를 감시하였다. 더욱이 공손여가公孫余假는 완전 무장한 병사들을 이끌고 공자가 머무는 곳을 들락거리며 위협하기까지 하였다. 공자는 위나라에 계속 머물다가는 죽임을 당할까 두려운 마음이 들어 제자들과 함께 급히 떠나게 되었다.

공자와 제자 몇몇은 수레를 타고 떠날 수 있었으나 대부분의 제자들은 걸어서 위나라를 떠나게 되었다. 상황이 이러하니 공자와 제자들은 자연히 서로 흩어지게 되었고, 공자는 할 수 없이 위나라 동문 밖에서 수레를 멈추고 제자들이 모두 모이기를 기다렸다가 다시 길을 떠나게 되었다. 당시 옛 성은 일반적으로 열 개의 문이 있어 서로 다른 방향으로 통하게 되어 있었다. 공자는 황급히 길을 떠나게 되어 특정한 목적지를 정하지 못하였고, 때문에 흩어진 제자들은 어떤 문을 향해 공자를 찾아가야 할지 알 수 없었다.

자공은 선생님을 찾지 못하자 마음이 조급해져 만나는 사람들에게 공자의 행방을 물었다. 그런데 어떤 사람이 자공에게 말하였다.

"내가 동쪽 성문 밖에서 어떤 사람을 보긴 보았는데, 그 사람이 당신 선생님인지는 잘 모르겠구려."

자공이 급히 물었다.

"그 사람의 생김새가 어떠했습니까?"

위나라 사람이 자공에게 자신이 본 모습을 자세히 설명하였다.

"그의 두 뺨은 요堯 임금과 비슷하고, 목은 유명한 법관 고요皐陶, 상고시대 전설상의 법관를 닮았으며, 어깨는 대정치가인 자산子產, 춘추 말기 정(鄭)나라의 집정자을 닮았고, 허리는 치수治水에 성공한 대우大禹와 비슷하나 대우보다는 삼촌三寸, 약9cm 정도 짧은 것 같아 보였소. 그 모습이 너무 초라하여 마치 주인을 잃은 상갓집 개 같더구려."

자공은 그 말을 듣고 그가 바로 공자라는 것을 알았다. 자공이 급히 동쪽 문으로 달려가 보니 과연 공자를 만날 수 있었다. 공자가 자공에게 어디를 갔었으며 어떻게 찾아왔냐고 묻자, 자공은 방금 전 위나라 사람이 했던 말을 공자에게 들려주었다. 공자가 그 말을 듣고 실소를 금치 못하고 탄식하였다.

"나의 생김새가 고요와 자산을 닮았다는 것은 맞지 않지만, 지금 모습이 상갓집 개와 같다고 한 말은 조금도 틀리지 않구나, 조금도 틀리지 않았어."

공자는 이때 이미 예순의 노인이었으나 노나라 집정자의 박해를 받고 고국을 떠나 천하를 떠돌고 있었으며, 위나라 영공의 위협을 받아 부득이 위나라를 떠나게 되었으니, 천하는 크다고 하나 공자에게는 어디도 갈 곳이 없었다. 그럼에도 불구하고 공자는 천하를 동분서주하며 자신의 정치적 이상을 실현하고자 노력하였다.

—『사기史記 · 공자세가孔子世家』

33

종묘 안에 놓인 한쪽으로 기운 기묘한 형상의 그릇

공자가 주나라의 수도 낙읍洛邑에 갔을 때 주나라 천자의 종묘에 참관한 적이 있었다. 그는 그곳에서, 가운데는 크고 양쪽에 뾰족한 귀가 달린 괴이한 형상의 항아리를 보고는 대단한 흥미를 느꼈다. 그는 종묘를 지키는 사람에게 물었다.

"이것은 무슨 물건입니까?"

종묘를 지키는 사람이 대답하였다.

"이것은 오른쪽에 놓는 그릇입니다."

공자는 오른쪽에 놓는 그릇이라는 말에 매우 반가워하며 다시 물었다.

"듣기로 오른쪽에 놓는 이 그릇은 물이 가득 차면 즉시 항아리 입에서 물이 흘러나오게 되어 있으며, 비어 있을 때에는 늘 기울어져 있어서 똑바로 놓을 방법이 없기 때문에, 안에는 늘 아주 정확하게 반이 되는 물이 채워져 있어야만 기울지 않는다고 하던데, 정말 그렇습니까?"

종묘를 지키는 사람이 대답하였다.

"네, 말씀하신 대로입니다. 그래서 이것을 의기欹器라고도 부릅니다."

공자는 이 물건에 매우 흥미를 느껴 자로에게 물을 길어와 시험을 해보도록 하였는데, 과연 말한 그대로였다. 공자는 탄식하며 말하였다.

"아아! 세상 어디에 물이 꽉 차 있을 때 흘러나가지 않는 것이 있을 수 있겠는가!"

공자의 말은 의기를 두고 한 말이 아니라, 의기처럼 물을 채우고서 즉시 흘러나가게 할 수 있는 사람이 없음을 탄식한 것이었다.
자로가 공자에게 물었다.

"선생님! 사람도 이 의기처럼 물을 가득 채운 상태를 잘 유지시켜 넘치지 않게 할 수 있는 방법이 있습니까?"

공자가 대답하였다.

"물이 가득 찬 상태를 유지시켜 넘치지 않게 하는 방법은 물을 덜어내어 넘치지 않게 하는 것뿐이다. 인격이 완성되는 것 또한 이와 같은 이치이다."

자로가 다시 물었다.

"선생님, 어떻게 해야만 채워져 있는 것을 덜어낼 수 있다고 생각하십니까?"

공자가 말하였다.

"예를 들면, 높은 지위에 있으면서도 아래에 있는 사람들에게 자신을 낮추어서 대할 수 있어야 한다. 설사 자신이 박학하고 재주가 많다 하더라도 마음을 조금 비워야 하며, 재물을 가지고 있을 때에도 검소할 수 있어야 하고, 높은 지혜를 갖추고 있더라도 적당하게 어리석은 부분을 가지고 있어서 지나치게 총명해서는 안 되며, 용감해야 할 때에도 반드시 필요한 두려움이 많다는 것을 잊어서는 안 되며, 말솜씨가 아무리 좋다고 하더라도 적합하지 않을 때에는 입을 막고 말을 하지 않도록 주의해야 한다. 사소한 일에 대해서 빈틈없이 살필 수 있다 하더라도 귀머거리인 척 혹은 벙어리인 척해야 하는 것이다. 이렇게 해야만 비로소 지나치게 차 있는 것을 덜어서 극점에 도달하지 않게 할 수 있다. 이러한 일은 사실상 상당히 어려운 것이다. 그러므로 덕행이 높은 사람만이 이러한 원칙을 지킬 수가 있다. 『역易』에 '덜지 않고 보태기만 하기 때문에 손해이고, 스스로 덜어서 끝을 마치면 이것이 이익이다不損而益之, 故損而終, 此益'라는 말이 있는데, 대단히 일리 있는 말이다."

공자의 이러한 설법은 의기라는 물건을 예로 들어 설명한 것이다. 그렇다면 의기란 도대체 어떤 물건인가? 의기는 밑이 뾰족하고 입이 작으며 배가 크고 배에 귀가 달려 있는 물그릇의 일종으로, 밑이 뾰족하여 평면 위에 똑바로 세울 수 없기 때문에 언제나 한쪽으로 기울여 놓는다. 또한 중심이 비교적 높기 때문에 비어있을 때 귀에 끼워 넣은 새끼줄을 잡아당기면 한쪽으로 기울어지게 된다. 물을 반쯤 채워서 들면 비로소 기울어지지 않고 똑바른 상태를 유지할 수 있다. 만약 좀 더 물을 채우면 다시 기울어지며 물을 너무 많이 채우면 주둥이에서 물이 쏟아져 나오게 된다. 의기의 이러한 특징 때문에 옛날 사람들은 의기가 '겸허' 등의 여러 가지 미덕을 갖추고 있는 기물이라고 여겼다. 그래서 의기를 늘 곁에 두고 자신의 인생에서 손해와 이익의 관계를 따져 자신의 덕 닦는 일을 일깨우고자 하였던 것이다. 이 때문에 의기를 "오른쪽에 놓는 물건"이라고 말하는 것이다.

—『설원說苑 · 경신敬愼』

34

조앙이 현명한 대부를 죽이다

조간자라고도 불리던 조앙은 춘추시대 말기 진나라의 정경正卿이었는데, 당시 그가 진나라에서 차지했던 지위는 노나라의 계손씨와 맞먹는 중요한 권력의 중심에 있던 자리였다.

춘추시대 말기에 진나라는 군주의 권력이 날로 쇠약해져 갔으며, 정권은 이미 일부 귀족의 손안에 들어가 있었다. 진나라 군주의 권력이 쇠약해지기 시작한 것은 조순趙盾이 정권을 잡고부터였다. 그래서 조순의 친척들은 진 영공을 살해하고도 어떠한 처벌도 받지 않았고, 이때부터 경대부의 권력은 날이 갈수록 더욱 더 커져갔다.

이 당시 임금은 자신의 권력을 보호하기 위해 경대부와 암암리에 격렬한 투쟁을 벌여야만 하였다. 훗날 진 경공景公은 조씨의 자손을 멸족시켰으며, 진 역공歷公 역시 이러한 조치를 취해 임금의 권력을 강화시키는 동시에 귀족들의 세력에 타격을 주었다. 그러나 임금은 막강한 경제력을 바탕으로 실제 권력을 장악하고 있던 경대부들에게 대항할 힘이 없었다.

진나라에서 강한 세력을 행사하고 있던 경부대로는 기씨祁氏・양설씨羊舌氏・한씨韓氏・위씨魏氏・범씨范氏・중항씨中行氏 등이 있었는데, 기씨와 양설씨가 제일 먼저 쇠락하였고, 그 후 조앙이 범씨와 중항씨를 소멸시켰기 때문에 한씨, 조씨, 위씨, 삼가三家가 정립鼎立하는 국면이 지속되다가 마지막에 이 삼가가 진나라를 분열시키는 결과를 가져왔다.

조앙은 세력을 넓히는 과정에서 진나라의 훌륭한 두 현인이었던 두명독竇鳴犢과 순화舜華에게 큰 도움을 받았다. 대략 기원전 496년경, 어떤 이유에서인지는 모르겠으나, 조간자는 조씨 세력을 위해 공을 세운 이 두 사람을 죽였다. 당시 공자는 진나라에 가려고 준비를 하던 중 황하 근처에 이르러 이 소식을 듣게 되었는데, 공자는 이 소식을 접하고 조간자에 대해 몹시 실망하게 되었다. 조간자에 대해 평소, 인재를 아끼고 뭔가 이룰 능력이 있는 정치가라고 생각하였던 공자로서는 그가 진나라의 훌륭한 인재를 죽일 것이라고는 전혀 생각하지 못했기 때문이다.

공자는 흘러가는 물을 보며 탄식하였다.

"대하의 물이여!
호호탕탕, 얼마나 기세가 당당한가!
그러나 나는 오히려 지나갈 생각이 없구나.
아, 이것은 또한 천명이리니!"

자공은 공자의 탄식을 듣고 물었다.

"존경하는 선생님, 선생님께서 하신 말씀은 무슨 뜻이 옵니까?"

공자가 대답하였다.

"두명독竇鳴犢과 순화舜華는 진나라의 훌륭한 현인으로, 조간자가 뜻을 얻지 못하였을 때, 적지 않게 그를 도와주신 분들이다. 지금 대권을 장악한 조간자는 예전에 자신의 왼손과 오른손 역할을 했던 사람들을 죽였다. 나는 고인께서 '만약 어린 짐승을 죽이게 되면 기린麒麟 성인(聖人)이 세상에 나올 징조로 나타나는 상상의 동물로, 생명이 있는 것은 밟지도 먹지도 않는다고 함이 다시 출현하지 않을 것이며, 만약 물속에 노니는 물고기를 전부 잡는다면 교룡뱀과 비슷한 몸에 비늘과 사지가 있고 머리에 흰 혹이 있는 전설상의 용. 하늘을 날 때 수많은 물고기를 거느린다고 함이 비를 내리지 않을 것이다. 또한 새 둥우리를 부숴 새끼를 죽이게 되면 봉황이 날아오지 않을 것이다.'라고 하신 말씀을 들은 적이 있다. 이것은 무엇 때문이겠느냐? 대상은 다르나 다치게 한 것은 같으니, 당연히 상심하여 다시는 오지 않는 것이니라. 새와 짐승도 이와 같을진대, 내가 설마 새나 짐승만 못하겠느냐? 조씨가 진나라의 두 현인을 죽였는데, 내가 어떻게 진나라로 갈 수 있겠느냐?"

이 일로 공자는 황하 가에 멈추어 서서 「추조陬操」라는 시를 한 수 지었다. 공자는 이 시에서 다음과 같이 말하였다.

타향의 하늘에서 빙빙 날면서
언제나 고향으로 돌아갈 것인가?
내가 좋아하는 일이나 하자.
그것이 진정 비할 데 없는 즐거움이겠지.

그러나 공자는 노나라로 돌아가지 않았으며, 어쩔 수 없이 발길을 돌려 위나라로 갔다.

—『사기史記 · 공자세가孔子世家』

35

성인도 불행을 만난다

공자의 제자들은 모두 70여 명인데, 그 가운데 안회가 일찍 죽자 공자가 말하였다.

"아! 나이가 아직도 젊은데 불행하게도 명이 짧아 죽었구나!" 단명한 것도 불행하다고 한다면 반대로 명이 긴 것은 다행이라고 할 수 있다. 성현의 도를 받들어 행하고 인의에 관한 일을 익힌다면 하늘의 복을 받아야 마땅한 일이나, 백우伯牛는 치료가 불가능한 문둥병에 걸렸으니, 안회와 마찬가지로 불행한 사람이다.

개미가 땅위를 기어 다닐 때 사람들이 그 위를 걸어가면 발걸음이 닿는 곳에서는 개미가 밟혀 죽고, 발걸음이 닿지 않는 곳에서는 모두 산다. 들판에 불을 지르면 수레바퀴가 지나간 자리에 난 풀은 불에 타지 않는데, 세상의 속인들은 그것을 행운의 풀이라고 말한다. 그러나 발걸음에 밟히지 않고 불에 타지 않았다고 해서 반드시 좋은 것은 아니다. 오히려 불탄 곳에서 사람들이 안전하게 길을 갈 수 있다.

이러한 이치를 가지고 논하자면, 독창毒瘡독기가 센 악성 부스럼의 발병 또한 마찬가지의 상황이다. 독창은 기혈이 막혀 잘 통하지 않아 농양이 되고, 이것이 썩어 문드러져 악성종기가 되어 피가 흐르고 고름이 나오는 것이다. 그렇다면 악성종기가 발병하는 곳이 원래 사람의 몸에서 양호한 부분이 아니었다고 하겠는가? 이것은 혈관의 안과 밖에서 혈액순환을 주도하는 영위榮衛, 영혈(榮血)과 위기(衛氣). 영혈은 섭취된 음식물에서 변화된 영양 물질과 이로부터 생기는 혈액을 말하며, 위기는 몸의 겉면에 흐르는 양기이다가 공교롭게도 통하지 않아서 이렇게 된 것이다.

거미가 그물을 만들면, 날아다니는 벌레가 그 위를 지나다가 어떤 것은 달라붙고 어떤 것은 빠져나간다. 사냥꾼이 그물을 놓으면 온갖 종류의 동물이 제멋대로 돌아다니다가 어떤 것은 그물에 걸리고 어떤 것은 도망간다. 어부가 그물을 놓아 물고기를 잡으려하면 어떤 것은 도망간다. 어떤 사람은 중죄를 범하고도 발각되지 않고, 어떤 사람은 경죄를 범하고도 체포된다. 재앙의 기운이 사람의 몸에 생기는 것 역시 이와 같은 일에 속하며, 불행히도 그물에 걸려 죽거나 혹은 요행히 벗어나서 살아나게 된다. 소위 불행이라는 것은 화를 면하여 복을 얻을 수 없는 것을 이르는 것이다.

공자가 말하였다.

"한 사람이 세상에서 편안하게 생존할 수 있는 것은 오로지 정직 때문이다. 그런데 정직하지 못한 사람이 생존할 수 있는 것은 그가 요행히 재앙을 면했기 때문이다."

그렇다면 정도에 따라 일을 행하였음에도 불구하고 도리어 재앙을 만나는 것은 불행이라고 할 수 있는데, 높은 담 아래에 서 있다가 때마침 무너지는 담에 깔리거나 밑동이 갈라진 제방 위에 서 있다가 제방이 붕괴되어 떨어지게 되는 등 의외의 재난을 당하는 것도 불행이다.

한번은 노나라 성문이 삭아서 가끔씩 무너지는 일이 발생하였는데, 공자는 이곳을 지날 때마다 걸음을 빨리하여 지나다녔다. 수행하는 제자들이 이를 보고 말하였다.

"이 성문은 마지막으로 부서진 지도 오래되었고 지금까지 아무 일이 없었으니, 당장 무너질 것이라고 생각하지 않습니다."

그러자 공자가 말하였다.

"나는 부서진 지가 이미 오래되어 언제 무너질지 모른다는 생각에 두려운 것이다."

공자는 지나치게 조심하고 삼갔으나 만약 우연히 그가 지나갈 때 성문이 무너지게 된다면 그야말로 대단히 불행한 일이 될 것이다. 그래서 공자가 말하였다.

"군자는 불행을 만날 수 있지만 오히려 행복의 문제에는 아랑곳하지 않는다. 왜냐하면 군자는 행동이 정도에 맞아, 복을 얻게 되는 일을 도리로 보고 당연한 것으로 여기기 때문이다. 이와는 반대로 소인은 행복을 만날 수 있지만 오히려 불행의 문제에는 아랑곳하지 않는다. 왜냐하면 소인의 행동은 정도에 맞지 않아, 재앙을 만나는 것 또한 도리로 보고 당연하게 생각하기 때문이다."

감언이설과 아첨에 의지하여 임금의 총애를 얻는 사람, 즉 한 혜제惠帝가 총애한 시동 굉유閎孺와 한 고조高祖가 총애한 시동 자유藉孺는 덕이 없고 재주가 적었다. 그들은 단지 출중한 외모로 임금의 환심을 샀는데, 이러한 사람들은 가까이 해서는 안 되는 사람이지만, 오히려 임금의 측근자가 되었다. 이것은 도리상 있어서는 안 되는 일이기 때문에, 태사공 사마천司馬遷은 전傳을 지어 자신의 저서 『사기史記』에 수록하여 경계를 삼도록 하였다. 간사한 사람이 정도를 어겼음에도 두터운 은총을 받는 경우가 있는데, 이 또한 이와 같은 부류에 속하는 것이다. 모두 원기를 받았다고는 하지만 어떤 것은 사람이 되고 어떤 것은 짐승이 된다. 또한 똑같은 사람이라 하더라도 어떤 사람은 존귀하고 어떤 사람은 빈천하며, 또 어떤 사람은 빈궁하고 어떤 사람은 부유하게 산다. 부자는 많은 재산을 쌓아 부유하게 살며, 가난한 사람은 길거리를 다니며 구걸하며 산다. 귀한 사람은 귀하게 되어 봉후封侯, 제후에 이르지만 천한 사람은 미천한 노복으로 살아간다. 이것은 하늘이 기氣를 부여하는 데 어떤 치우침이 있어서가 아니라, 사람과 만물이 받은 생명을 구성하는 기氣에 후함과 박함이 있기 때문이다.

똑같이 도덕을 행하는데도 화와 복이 평등하지 않으며, 똑같이 인의를 실천해도 이익과 손해가 다르다. 진 문공은 인덕을 수행하였고 서언왕徐偃王은 인의를 널리 행하였다. 문공은 문덕〔文德, 예악禮樂으로 사람을 교화하고 심복心腹시키는 덕〕을 닦아서 은상恩賞 공을 기리어 임금이 내리는 상을 받았으나, 언왕은 인의를 행하여 오히려 초나라에 의해 멸망을 당했다. 노나라의 어떤 사람이 아버지의 원수를 갚기 위해 원수를 죽인 후 옷을 갈아입고 모자를 쓰고 조용히 떠났다. 추격하던 사람이 이를 보고 그를 "예절 있는 사람" 이라고 말하고는 놓아 주었다. 반면 진나라 사람 우결牛缺은 길을 가다가 물건과 가마, 옷가지를 빼앗으려는 사람을 만나 순순히 물건을 내어 주었는데, 물건을 강탈한 사람이 그의 행동이 너무나 차분했기 때문에 관가에 가서 고발할지도 모른다는 생각에 삼십리쯤 추격하다가 그를 죽였다. 문덕과 인의는 마찬가지이지만, 문공과 노나라 사람은 이로 이해 복을 얻었고, 언왕과 우결은 화를 입었다. 이것은 문공과 노나라 사람에게는 행운이지만, 언왕과 우결에게는 불행인 것이다.

한 소후昭侯가 술에 취해서 꼼짝도 못하고 누워있었다. 감기에 걸리기 쉬운 상황이었기 때문에 군주의 모자를 관리하는 소관이 자신의 옷을 벗어서 그를 덮어주었다. 소후가 술에서 깨어나 어떻게 된 일이냐고 물었을 때 소관이 자기를 보호하려고 했다는 것을 알았지만, 소관이 자신의 권한을 넘어선 행동을 하였기 때문에 그에게 벌을 주었다. 서주 시대에 위나라의 장군인 환사마가 조회에 참여하려고 급히 길을 재촉하던 중, 수레를 모는 사람이 너무 당황하여 말을 놀라게 하자 수레에 함께 탄 다른 사람이 말 모는 사람에게 소리친 일이 있었다. 그때 그 사람은 위험에서 벗어났기 때문에 후에 벌을 받지 않았다. 함께 탄 사람이 소리를 지르고 소관이 옷을 덮어준 것은 모두 선한 마음에서 나온 것이다. 옷을 덮어 준 것은 임금이 감기에 걸릴까 걱정이 되어서였던 것으로, 인애하고 살피는 정은 모두 똑같은 마음 씀에서 나온 것이다. 그러나 결과는 한나라에서는 죄가 되고 위나라에서는 충성이 되었으니, 이것은 수레를 함께 탄 사람에게는 행운이고 모자를 관리하는 소관에게는 불행인 것이다.

행운은 사람들에게 적용될 뿐만이 아니라, 만물에도 마찬가지의 상황으로 적용되곤 한다. 예를 들어, 몇 길이나 되는 나무, 즉 두 사람이 겨우 서로 안을 수 있을 정도의 큰 나무를 목수가 잘라 사용하면서, 어떤 것은 그릇을 만들어 사용하기도 하고 어떤 것은 폐물로 버리기도 한다. 이것은 목수의 감정에 사랑과 증오가 있어서가 아니라 칼의 사용에 우연성이 있기 때문이다. 오곡을 찧어서 밥을 만들고 밥으로 술을 빚는다. 빚어진 술은 달고 쓴맛이 각각 다르며, 밥도 어떤 것은 부드럽고 어떤 것은 익지 않은 것이 섞여있다. 이는 주방장과 술을 빚는 사람이 의식적으로 그것들을 차이 나게 한 것이 아니라, 밥을 짓고 술을 빚는 과정에서 손의 동작에 우연성이 있기 때문이다.

알맞게 익은 밥은 서로 다른 대그릇에 담아야 한다. 그릇 속에 작은 벌레 한 마리라도 빠지게 되면 술 전체를 마시지 못하게 되며, 밥은 광주리에 있는 밥 전체를 먹지 못한다. 풀은 어느 것을 막론하고 사람에게 이익이 된다. 의사들은 온갖 종류의 풀을 따서 양약을 만드는데, 어떤 것은 사람에게 이롭고, 어떤 것은 사람에게 해롭다. 똑같은 나무라 하더라도, 어떤 것은 궁전의 큰 대들보가 되고 어떤 것은 불쏘시개가 된다. 똑같은 흙이라 하더라도, 어떤 것은 궁전의 기초가 되고 어떤 것은 작은 집의 문을 바르는 용도로 쓰인다. 똑같은 물이라 하더라도, 어떤 것은 먹는 것을 삶는 큰솥을 씻고 어떤 것은 냄새나는 것을 씻기도 한다. 만물의 좋고 나쁨이 서로 같지만, 일단 사람이 사용하게 되면 그 행운과 불행의 차이가 이와 같이 크며 사람들은 이로 인해 고통을 받는데, 하물며 정신을 갖고 있는 사람은 더 말할 것이 없다.

우순虞舜은 누구나 인정하는 성인이었던 까닭에 살아있을 때 편안한 복을 받았어야 마땅했을 것이다. 그러나 그의 아버지는 고집스럽고 비열하였으며, 어머니는 어리석었고, 동생은 교만하고 제멋대로였다. 그리하여 그는 잘못이 없는데도 미움을 받았으며 나쁜 일을 하지 않았는데도 오히려 벌을 받았으니, 정말로 대단히 불행한 일이었다. 공자는 순 임금과 비슷하여 성인으로 불렸지만 일생 동안 한 평의 땅 조차도 하사받지 못하였고, 사방으로 분주하게 다니며 다른 사람의 초청을 받아 벼슬에 오르려고 생각하였다. 위나라 사람들은 그를 몹시 싫어하여 그가 지나갈 때 생겼던 수레바퀴 흔적을 평평하게 메워버렸다. 또 한 번은 공자가 진陳나라와 채蔡나라의 변경에서 그곳 사람들에게 포위당해 칠일 낮밤을 밥 한 끼 먹지 못하는 수모를 겪기도 하였다.

우순과 공자는 모두 하늘이 내린 대성大聖이었으나 두 사람의 처지가 서로 달랐다. 순 임금은 요 임금의 선양禪讓, 임금이 다음 임금에게 왕위를 물려주는 것을 만날 수 있었고, 공자는 아무런 성취도 이루지 못하고 세상을 떠났다. 이처럼 재능을 가진 성인도 불행을 만나는데, 평범한 백성들이 불행을 만나는 일은 분명 흔하디 흔한 일일 것이다.

—『논형論衡 · 행우편幸偶篇』

36

자로가 화려하게 차려입고 공자를 만나다

어느 날, 자로가 정성을 다해 화려한 옷으로 단장을 하고 나와 공자에게 칭찬을 듣고 주목받고자 하였다. 그런데 공자는 그를 보자마자 큰 소리로 꾸짖으며 말하였다.

"중유야! 오늘 네가 이렇게 화려한 옷을 입고 거만한 태도를 보이는데, 무슨 일 때문이냐?

옛날에 양자강의 물은 민산岷山에서 발원하였는데, 그 처음 시작할 때 물줄기는 시냇물처럼 졸졸 흘러 겨우 작은 술잔 하나를 띄울 수 있는 정도였다. 그런데 그 물줄기는 계곡을 흘러 나와 드넓은 땅에 이르면, 거세고 힘차게 흘러간다. 간신히 배 두 척을 댈 만한 좁은 여울목에 이르면, 바람과 비를 막기는커녕 아예 건널 생각을 하지 말아야 한다. 이것이 바로 하천이 하나로 모여 흘러가기 때문이 아니겠느냐? 세상 사람들 가운데 어느 누가 지금 이 화려한 옷을 입고 있는 너와 쌍벽을 이룰 수 있겠느냐?"

자로는 아무 말도 하지 않고 재빨리 집으로 돌아가 옷을 갈아입은 후, 다시 평상시의 모습으로 나타났다. 공자는 이 일을 계기로 자로를 훈계하였다.

"중유야! 내가 하는 말을 분명히 기억하거라. 말솜씨가 좋은 사람은 때때로 말을 과장하여 화려하기만 하고 실질적이지 않으며, 행동을 자주 바꾸는 사람은 자기를 표현하는 데 급급하여 다른 사람들에게 자랑을 한다. 또 잔꾀를 부리는 약간의 수완을 가진 사람이 있는데, 이것은 소인이 갖고 있는 평범한 재주에 지나지 않는다. 그러므로 군자는 알고 있는 것은 안다고 말하고, 모르고 있는 것은 모른다고 말해야 하는 것이다. 사람은 말을 할 때 특별히 주의해서, 할 수 있는 일은 할 수 있다고 말하고 할 수 없는 일은 할 수 없다고 말해야 한다. 이 점을 행동할 때에 반드시 염두에 두어야 한다. 만일 이 두 가지를 모두 실천할 수 있다면, 인에 이르렀다 할 것이니, 이미 인에 이르렀거늘 어느 누가 너를 능가 할 수 있겠느냐?"

—『설화說話·잡언편雜言篇』

37

사욕을 억제하고 예를 실천하는 것이 인을 행하는 방법이다

인仁은 공자가 추구하는 최고의 도덕 표준이었다. 그렇다면 인이란 도대체 무엇인가? 공자가 제자들에게 한 대답은 정말로 다양하다.

한번은 안연이 무엇이 인仁인지를 묻자 공자는 이렇게 말하였다.

"자신의 사욕을 억제하고 언어와 행동을 예에 맞도록 규정하는 것이 바로 인이다. 단지 이렇게 할 수만 있다면 세상 사람들은 너를 어진 사람이라고 칭찬할 것이다. 인을 실천하는 일은 전적으로 자신에게 달려있는 것이므로 다른 사람이 도와줄 것은 아무것도 없다."

안연은 잠시 생각을 하다가 다시 물었다.

"선생님, 인의 경지에 도달하는 데 필요한 규칙은 구체적으로 어떤 것들입니까?"

공자가 대답하였다.

"아마도 다음과 같은 네 가지 규칙일 것이다. 예절에 맞지 않는 것은 받아들이지 말아야 하고, 예에 부합되지 않는 말은 듣지도 말고 해서도 안 되며, 예에 부합되지 않는 일은 하지도 말아야 하는 것이다."

안연은 그의 말을 듣고 공손하게 대답하였다.

"제가 비록 어리석지만 선생님께서 말씀하신 대로 실천하기를 원합니다."

또 다른 제자인 중궁仲弓이 인에 대해 물었을 때, 공자의 대답은 다음과 같았다.

"평소에 집을 나서면 마치 귀빈을 만나는 것처럼 정중해야 하며, 백성들을 부릴 때에는 마치 큰 제사의식을 맡는 것처럼 엄숙해야 한다. 자기가 좋아하지 않는 것을 다른 사람에게 강요해서는 안 된다. 제후의 나라에서 너에 대해 원망하는 사람이 없게 하고, 경대부의 영토 안에서 너에 대해 원망하는 사람이 없게 할 수 있다면, 이것이 바로 인인 것이니라."

중궁이 다 듣고는 공손하게 말하였다.

"제가 비록 어리석지만 선생님의 말씀대로 실천하고자 합니다."

사마우가 인에 대해서 물었을 때 공자가 대답하였다.

"인덕이 있는 사람은 말을 할 때 항상 신중하게 한다."

사마우는 스승의 대답이 너무 간단하다는 생각이 들어 다시 물어보았다.

"선생님, 설마 말을 할 때 삼가는 것이 인덕이 있다고 말씀하시는 것은 아니겠지요?"

공자가 대답하였다.

"인덕을 갖추고자 할 때 행동하는 일이 쉽지 않거늘 말을 할 때 어찌 삼가지 않을 수 있겠느냐?"

공자는 사마우에게 인은 언행이 일치되는 도덕의 정점이라는 점을 말과 행동의 관계 속에서 깨닫게 하였다.
무엇이 인인가 하는 문제에 대한 토론 가운데 가장 흥미로운 것은 공자가 번지에게 해준 대답이다. 한번은 번지가 공자에게 "무엇이 인입니까?" 하고 물었는데, 공자의 대답은 매우 간단하였다.

"사람을 사랑하는 것이다."

번지는 계속해서 "무엇이 지혜입니까?" 하고 물었다. 공자의 대답은 역시 매우 간결하였다.

"지혜란 바로 다른 사람을 아는 데 뛰어난 것이다."

공자의 대답이 지나치게 간단했기 때문에 번지는 인과 지혜에 대한 의미를 이해하지 못했다. 공자는 구체적으로 번지에게 말하였다.

"정치를 하는 사람이 만약에 정직한 사람을 뽑아서 그를 바르지 못한 사람 윗자리에 둔다면 바르지 못한 사람들 역시 정직하게 될 것이다."

번지는 더 이상 말을 하지 못하고 물러났지만 공자의 말이 여전히 이해가 되지 않았다. 때마침 자하를 만나 그에게 물어보았다.

"방금 내가 선생님을 뵙고서 무엇이 지혜인지를 여쭈었더니, 선생님께서 '정치를 하는 사람이 만약에 정직한 사람을 뽑아서 그를 바르지 못한 사람의 윗자리에 둔다면 바르지 못한 사람들 역시 정직하게 될 것이다.'라고 말씀하셨소. 나는 이 말이 무슨 뜻인지 모르겠소."

자하가 번지에게 공자가 한 말의 의미를 설명해주었다.

"이 말 속에 들어있는 의미는 매우 심오한 것이오. 옛날 제왕 순이 천하를 다스릴 때 사람들 속에서 고요를 뽑아 직책을 맡기었는데, 그렇게 되자 어질지 못한 사람들이 모두 멀리 떠나버렸소. 상왕 탕 또한 천하를 다스릴 때 많은 사람들 속에서 이윤을 뽑아 그에게 직책을 맡기었는데, 그때도 어질지 못한 사람들이 모두 멀리 떠나버렸소."

자하가 이렇게 예를 들어 설명해주자 번지는 비로소 공자가 한 말을 이해하였다.

—『논어論語・안연顔淵』

38

위 출공이 무력으로 괴외를 막다

위나라의 태자 괴외蒯聵는 그의 어머니 남자南子의 음탕함에 불만을 느껴 사람을 시켜 죽이려고 하였으나, 끝내 일이 성공하지 못하여 어쩔 수 없이 진나라로 도망을 갔다.

남자는 괴외의 부친인 위 영공靈公이 세상을 떠날 때를 기다려 괴외의 아들 공자 첩輒을 위나라 임금으로 세웠는데, 그가 바로 위 출고이다. 괴외는 당연히 이렇게 임금이 되는 기회를 잃어버린 것에 분노했다.

괴외가 진나라에 있을 때, 위나라의 음모가인 계손씨의 가신 양호 역시 마침 진나라에 있었다. 진나라의 정권을 잡고 있던 귀족 조간자는 괴외를 위해 양호에게 계략을 꾸미도록 하였다. 조간자의 지지를 받은 양호는 여덟 사람에게 상복을 입혀 괴외를 영접한 다음 위 영공의 상을 조문하러 온 것처럼 꾸몄다. 그래서 그들이 거짓으로 우는 모습을 하고 위나라 변경에 도착하자, 위나라 사람들은 아무런 의심 없이 그들을 위나라로 들여보냈다. 그러나 위 출고가 이 소식을 듣고 급히 군대를 보내어 그들을 쫓아내었기 때문에 양호가 꾸민 이 음모는 결국 실패로 돌아갔다. 이는 기원전 492년의 일로, 공자의 나이 육십 세 되던 해였다.

당시 공자는 위나라에 있었다. 공자가 남자南子와 연락을 하고 지냈기 때문에 제자 가운데 어떤 사람은 그가 위 출고를 옹립하는 데 동조했을 것이라고 의심하기도 했다. 하루는 염유가 의혹을 품고 자공에게 물었다.

"선생님께서 몰래 위나라의 새 임금을 도와주었지요?"

자공은 잠시 생각해보았으나 역시 무어라 확신할 수가 없어 다음과 같이 말하였다.

"이렇게 합시다! 내가 선생님께 가서 직접 여쭤보는 것이 가장 좋겠습니다."

그러나 자공은 직접적으로 공자에게 묻지 않고 상나라 말년의 역사적 인물을 핑계 삼아 이야기를 나누며 스승의 생각을 살폈다.

"선생님, 선생님은 백이와 숙제가 어떤 사람이라고 생각하십니까?"

백이와 숙제는 상나라 말년 고죽군의 두 아들이다. 고죽군이 죽은 후 그들 두 사람은 서로 자리를 양보하면서 누구도 임금의 자리를 계승하려 하지 않았기 때문에, 마침내 두 사람 모두 주 문왕에게 의탁하였다. 그 후 주 문왕이 상나라를 정벌하자 그들 두 사람은 이것은 대역부도(대역무도大

逆無道, 임금이나 나라에 큰 죄를 지어 도리에 크게 어긋남)한 일이라고 여겨 다시는 주나라의 곡식을 먹지 않겠다고 맹세를 하고는 결국 수양산에서 굶어죽었다. 자공은 이 두 사람의 이야기를 꺼내어 그들에 대한 공자의 평가를 들어보려고 하였다. 하지만 공자의 대답은 매우 간결하였다.

"백이와 숙제는 고대의 현인들이시다."

"존경하는 선생님, 이 두 사람의 마음속에 어떠한 원망이 있었습니까?"

자공은 계속해서 공자에게 물었다. 공자는 자공의 질문이 좀 이상하다고 여겨졌기 때문에 반문하는 투로 대답하였다.

"그들 두 사람이 추구한 것은 인덕이다. 비록 수양산에서 굶어 죽었다고 해도 그들이 얻은 것은 바로 인덕이다. 그러므로 그들은 이미 만족을 얻었는데 무엇 때문에 원망이 있을 수 있겠느냐?"

자공은 공자의 말을 듣고 분명하게 이해가 되었기 때문에 밖으로 나와 염유에게 전하였다.

"선생님께서 위나라의 새 임금을 도와주었을 리가 없다는 것을 확신할 수 있습니다."

사실 당시의 공자는 이미 위나라의 정치에 대해 믿음이 사라진 상태였다.

죽은 위 영공은 그를 중용하지 않았을 뿐만 아니라 지금의 위나라 역시 부자지간에 권력을 다투고 있었다. 이것은 공자가 실현하고자 했던 인에 의한 정치에 위배되는 것이었기 때문에 공자는 당연히 그 속에 끼어들려고 하지 않았다. 그 후 얼마 지나지 않아 공자는 위나라를 떠나 진나라로 갔다.

—『논어論語 · 술이述而』·『사기史記 · 공자세가孔子世家』

공자께서 말씀하셨다.

"효를 실천 할 수 있는 시간은 유한하다."

孔子

孔子

효성과 공경

39

공자가 안연을 의심한 자신을 탄식하다

공자가 진陳나라와 채나라 사이에 갇혀 꼼짝 못하고 있을 때, 당시 먹을 수 있는 것이라고는 야채밖에 없었다. 하루는 공자가 낮잠을 자고 있는데, 안회가 어렵게 양식을 구해 와서 밥을 지었다. 밥이 다 되어 갈 무렵, 공자의 눈에 안회가 밥알을 집어 먹는 모습이 보였다. 잠시 후 밥이 다 되고 안회가 공자에게 밥상을 차려 올렸는데, 공자는 방금 전 안회가 밥알을 집어 먹은 일에 대해 모른 척 몸을 일으키며 말하였다.

"오늘 내가 꿈속에서 조상님을 뵈었으니, 밥을 깨끗이 지은 후 조상님께 제사를 올리도록 해라."

그러자 안회가 대답하였다.

"안 됩니다. 방금 재가 솥 안에 떨어졌습니다. 재 묻은 음식을 버리면

길하지 못하기 때문에, 제가 재 묻은 밥알을 집어먹었습니다."

공자가 탄식하며 말하였다.

"믿을 만한 것은 눈인데, 눈으로 본 것도 믿을 만한 것이 못 되는구나. 의지하는 것은 마음인데, 마음 역시 의지할 만한 것이 못 되는구나. 제자들아, 기억해 두어라. 사람을 이해한다는 것이 쉬운 일이 아니라는 것을! 그러니 아는 것은 어렵지 않지만, 사람을 아는 법을 배우기란 쉽지 않다고 하는가 보다."

—『여씨춘추呂氏春秋 · 임수任數』

40

안회가 완산 새의 울음소리를 말하다

어느 날 공자가 아침 일찍 일어나 본채에 이르렀을 때, 밖에서 사람의 우는 소리가 들렸다. 그 소리가 매우 슬프고 애절하여 공자는 거문고를 가져다가 연주를 하였는데, 자신도 모르게 거문고 소리에 애절하고 슬픈 감정이 배어 나왔다. 도대체 누가 이렇게 슬피 우는지 궁금증을 참지 못하여 몸을 일으켜 막 문을 나서려는데, 한 제자가 입구에서 우는 사람을 바라보고 있는 모습이 보였다. 공자가 그 제자에게 누구냐고 물었다.

"선생님, 저는 안회입니다."

공자는 안회라는 말을 듣고 그를 불렀다.

"회야! 여기서 무엇을 보고 있느냐?"

안회가 대답하였다.

"어떤 사람이 울고 있기에 듣고 있었습니다. 그런데 그 울음소리에 죽은 사람에 대한 애도의 슬픔과 친척과 이별하는 슬픔이 함께 배어 있는 것 같습니다."

공자는 울음에도 이처럼 풍부한 내용이 담겨 있을 수 있음을 깨닫고 다시 물었다.

"너는 그것을 어떻게 알게 되었느냐?"

안회가 대답하였다.

"이 울음소리는 완산完山의 새가 우는 소리와 비슷합니다."

공자는 더욱 기이하여 거듭 물었다.

"완산의 새가 우는 소리는 어떠하더냐?"

안회가 대답하였다.

"완산의 새는 네 마리의 새끼를 낳습니다. 그런데 날개가 튼튼해지면 새끼들은 둥지를 떠나 사해四海로 가서 독립적으로 생활을 하게 됩니다.

이때 어미 새는 아주 이상한 울음소리로 새끼들과 이별합니다. 왜냐하면 그들은 한번 떠나면 다시는 자신이 태어난 곳으로 돌아 올 수 없기 때문입니다."

공자는 사람을 보내 무엇 때문에 그리도 슬피 우는지 알아보게 하였다. 그 사람이 대답하였다.

"제 부친께서 세상을 떠나셨으나, 집이 가난하여 매장할 관조차 살 수가 없어 할 수 없이 제 아들을 팔아 부친의 장사 비용을 마련하였습니다. 잠시 후 아들과 이별을 해야 하기 때문에 이렇게 울고 있습니다."

공자는 이 말을 전해 듣고 안회의 견식見識 식견을 칭찬하였다.

"훌륭하도다! 훌륭해. 안회야말로 진정한 성인이로다."

—『설원說苑 · 변물辨物』

41

공자가 무너진 무덤 소식에 눈물을 흘리다

자상子上은 모친이 세상을 떠났을 때, 모친을 위해 상복을 입지 않았다. 문인들이 이 일을 이해할 수 없어 공자의 손자이자 자상의 부친인 자사子思에게 물었다.

"이전에 선생님의 부친께서는 이혼한 모친을 위해 상복을 입으셨지 않습니까!"

자사가 그렇다고 대답하자, 문인들이 다시 물었다.

"그런데 왜 선생님께서는 자상에게 상복을 입지 못하게 하는 것입니까?"

자사가 대답하였다.

"이전에 부친께서는 결코 예를 잃으신 적이 없다. 예에 따라 융숭하게 할 것은 융숭하게 하고, 격을 낮출 것은 격을 낮추셨다. 내가 어찌 이처럼 할 수 있겠는가? 만일 그녀가 지금도 여전히 나의 처라면 당연히 자상의 모친이라고 하겠지만 그녀가 이미 나의 처가 아니니, 역시 자상의 모친이라고 할 수 없기 때문이다.

공씨孔氏가에서 이미 이혼한 모친을 위해 상복을 입지 않는 관습은 바로 이처럼 자사子思로부터 시작되었다고 한다.

한번은 공자가 말하였다.

"먼저 두 무릎을 꿇어 땅을 딛고 절을 하며, 다시 손으로 땅을 짚고 머리를 숙여 이마를 땅에 댄다. 이는 온순하면서도 격식이 있으며, 또한 매우 간절하면서도 비통함을 표현한다. 부모님 상 삼 년에 나는 후자를 따르고자 한다."

공자가 방지防地, 언덕, 둑에다 부모를 합장合葬하고서 말하였다.

"내가 듣건대, 옛날 무덤 위에는 흙을 쌓지 않는다고 하였다. 그러나 나 공구孔丘는 사방으로 분주하게 돌아다니는 사람이므로 부득이 표지標識를 만들지 않을 수 없다."

그러고 나서 무덤의 흙을 사척四尺, 약 120cm 높이로 쌓아 올렸다.

공자가 먼저 집으로 돌아오고 제자들은 남아서 무덤을 손질하였는데, 그 사이 큰비가 내려 제자들이 늦게 돌아왔다. 공자가 제자들에게 물었다.

"어째서 이렇게 늦었느냐?"

제자들이 대답하였다.

"무덤이 무너졌습니다."

공자는 아무 소리도 하지 않았다. 그러나 제자들이 연이어 세 번 말하자. 눈물을 흘리며 상심하여 말하였다.

"들은 바, 옛사람들은 무덤 위에 흙을 쌓지 않는다고 하였는데 …."

— 『공자가어孔子家語 · 전예공서적문편典禮公西赤問篇』

42

한 줌의 흙이 높은 산을 만드는 데 어찌 도움이 되겠는가?

태재 비嚭는 춘추시대 오나라의 대신이다. 그는 본래 초나라 대부 백주려伯州犁의 손자였는데, 후에 오나라로 도망쳐왔다. 그는 오나라에 공로가 있었기 때문에 왕의 신임을 받아 태재로 임명 되었다. 그는 영합迎合, 자기의 생각을 상대편이나 세상 풍조에 맞춤하는데 아주 뛰어나 오왕 부차夫差에게 대단한 총애를 받았다.

자공이 오나라 사신으로 갔을 때 태재 비를 찾아가 뵈었다. 태재 비는, 공자의 명성은 익히 들어 알고 있었지만, 한 번도 그를 본 적이 없었기 때문에 어떤 사람인지는 알지 못했다. 그래서 호기심이 발동하여 자공에게 물었다.

"당신의 선생님이신 공자란 분은 어떤 분입니까?"

자공이 대답하였다.

"그분이 어떤 분이지 알기에는 제 학식과 능력이 부족합니다."

태재 비는 자공의 대답을 도무지 이해할 수가 없어 매우 의아해하면서 다시 물었다.

"공자가 어떤 분이라는 것조차 모르면서, 무엇 때문에 그분을 선생님으로 모시고 있는 것입니까?"

자공이 대답하였다.

"바로 모르기 때문에 그분을 스승으로 섬기는 것입니다. 저의 선생님은 높은 산의 광활한 숲과 같아서, 사람들은 그곳에서 여러 가지 필요한 목재를 얻을 수가 있습니다."

태재 비가 다시 물었다.

"당신은 선생님을 위해 무엇을 보탤 수가 있습니까?"

자공이 대답하였다.

"그분은 어느 누가 마음대로 그분을 위해 무엇을 보탤 수 있는 분이 아니십니다. 선생님과 저를 서로 비교한다면, 저는 마치 한 줌의 흙에 불과합니다. 생각해보십시오. 한 줌의 흙을 높고 큰 산에 보탠다고 해서 산의 높이가 달라질 수 있겠습니까?" 그것은 정말 말할 가치조차 없는 일입니다."

이러한 대화로 미루어 자공의 눈에 공자의 지위가 얼마나 높았는지 짐작할 수 있다.

자공이 한 말은 전혀 지나친 말이 아니었다. 공자는 분명히 여러 방면에 두루 학식을 갖추고 있는 학자이자 사상가였으며, 교육가였다. 그는 육예六藝, 고대 중국의 여섯 가지 교과. 곧 예(禮・악樂・사射・어御・서書・수數를 아울러 이르는 말)에 정통하였고 전제典制에 통달하였으며, 역사에 밝았고 예의에 대해서도 정통하였다. 동시에 사학私學을 창건하여 고대의 책들을 정리하고 문화를 전파하였기 때문에 당시 노나라 귀족인 맹희자孟僖子조차도 '성인'이라고 칭송하였다. 그러므로 이러한 공자에 대해 고산高山을 비유로 들어 묘사하고 있는 것은 아주 당연한 일이라 할 수 있다.

—『설원說苑・경신敬愼』

43

목이 말라 바다의 물을 마신다 해도 바다를 이해할 수 없다

한번은 공자가 새로운 기회를 도모하기 위해 진나라로 가려고 하였다. 그가 황하 가에 이르렀을 때, 진나라에서 정권을 잡고 있던 귀족 조간자趙簡子가 훌륭한 선비 두 사람을 죽였다는 말을 전해 들었다. 그는 매우 상심하여 더 이상 앞으로 나아가지 못하고 있다가 결국 진나라로 가지 않았다. 후에 자공이 진나라에 갔는데, 이때 조간자가 공자가 어떤 사람인지를 물었다.

자공이 대답하였다.

"저는 아직 제 선생님이 어떤 분인지 잘 모릅니다."

조간자는 약간 불쾌해하며 말하였다.

"그대가 공자를 따라다니며 배움을 구한 지가 적어도 십여 년이 된 줄 알고 있습니다. 또 그대는 그에게 지식을 배운 후에 관리가 되었습니다. 지금 그대의 선생님이 어떤 분인지 묻는 물음에 어떤 분인지 모른다고 대답하니, 이것은 도대체 무슨 이치입니까?"

자공이 대답하였다.

"제가 예를 하나 들어보겠습니다. 저는 목이 마른 사람과 마찬가지여서 단지 강과 바다에서 물을 마셔 목마른 것만을 해결하고자 하였습니다. 때문에 물을 마신 후에 저는 그분을 떠날 수밖에 없었습니다. 공자께서는 큰 강이나 바다와 같으신 분인데 저 같은 사람이 어찌 그분을 이해할 수 있겠습니까?"

조간자는 상념에 잠긴 듯 고개를 끄덕이며, "그래, 그래. 그대가 한 말은 매우 일리가 있소."라고 하였다.

—『설원說苑 · 선설善說』

44

구오자가 울면서 세 가지 잘못을 말하다

하루는 공자가 제자들을 데리고 길을 가는데, 앞에서 어떤 사람이 큰 소리로 우는 소리가 들렸다. 공자는 매우 이상하다는 생각이 들어 수레 끄는 사람에게 말했다.

"좀 빨리 달려보게! 앞에서 우는 사람의 소리를 들어보니, 평범한 사람이 아닌 것 같네."

수레를 급히 몰아가자 길옆에 한 사람이 앉아있는 것이 보였다.

그는 한 손에는 낫을 들고 한 손에는 새끼줄을 잡고 울고 있었다. 공자가 수레에서 내려 물으니, 그는 당시에 대단히 유명한 학자인 구오자丘吾子였다.

공자가 물었다.

"이렇게 슬프게 울고 있는 이유가 무엇입니까? 집에 무슨 나쁜 일이라도 생긴 것입니까?"

구오자가 고개를 흔들자, 공자는 다시 물었다.

"허 참, 그렇다면 이상하군요. 나쁜 일이 생긴 것이 아니라면 왜 이렇게 상심하여 울고 있는 것입니까?"

구오자가 눈물을 닦으며 말하였다.

"저는 이번 생에서 세 가지 큰 잘못을 저질렀기 때문에 우는 것입니다."

공자가 그의 말을 받아 물었다.

"세 가지 큰 잘못이 도대체 무엇이기에 당신을 이처럼 슬프게 하는 것입니까?"

구오자가 대답하였다.

"저는 젊었을 때 배우는 것을 대단히 좋아하여 천하를 두루 돌아다니며 지식을 구하였습니다. 본래 저는 배움을 마친 후에 고향으로 돌아가 부모님께 효도하려고 하였습니다. 그런데 배움을 마친 후에 돌아와 보니 부모님은 이미 세상을 떠나고 계시지 않았습니다. 이것이 제가 이 생에서 지은 첫 번째 큰 잘못입니다. 또한 충성을 다해 임금을 섬겼으나 임금께서는 그저 사치하고 방종할 뿐 저의 충언을 들으려 하지 않으셨습니다. 이것이 바로 저의 두 번째 잘못입니다. 그리고 저는 많은 대가를 치르면서 친구와 교제하였지만 결국에는 친구와 단교를 하지 않을 수 없었습니다. 이것이 세 번째 잘못입니다.

아아! 큰 나무는 편안하기를 원하지만 큰 바람은 일정한 방향도 없이 나뭇가지를 제멋대로 흔들어대고, 부모님을 봉양하고자 하였으나 두 분은 기다려주지 않는구나! 지나가면 다시 돌아올 리 없는 것이 시간이고, 한번 가면 다시 볼 수 없는 것이 친지들이네! 나는 이곳에서 다시는 당신들을 볼 수가 없다네!"

구오자는 말을 마친 후 낫으로 자신의 목을 베었다.

공자와 제자들은 구오자의 말을 듣고 모두 대단히 상심하였고, 이 일이 있고 난 후 서른여섯 명의 제자가 집으로 돌아가 부모님을 봉양하였다.

—『설원說苑 · 경신敬愼』

45

재여가 삼년 효를 지키지 않다

공자의 제자 가운데 재여는 능수능란한 언변으로 유명하였다. 당시의 상례제도는, 부모가 돌아가시면 아들이 부모의 묘 곁에 작은 헛간을 세우고 거친 삼베옷을 입고는 삼 년 동안 효를 지키는 것이었다. 이것은 당시에 통용되던 제도였기 때문에 누구나 이것을 엄숙하게 지켰다. 그러나 재여는 공자의 제자임에도 불구하고 삼 년 동안 상을 지키는 당시 제도에 대해 이의를 제기하였다. 그는 기회를 틈타 공자에게 물었다.

"현재, 부모가 돌아가시면 자식들이 삼 년 동안 효를 지키고 있는데, 사실상 이 기간은 너무 깁니다. 군자가 삼 년 동안 예를 행하지 않으면 예의는 반드시 없어지고 말 것입니다. 삼 년 동안 음악을 연주하지 않으면 음악은 반드시 전해지지 않을 것입니다. 묵은 곡식을 다 먹으면 새 곡식이 자라게 마련이고, 우리가 불을 얻던 나무도 바뀐 지 오래되었습니다. 모든 일이 이와 같은 것이니, 상을 지키는 일 역시 일 년이면 충분하다고 생각합니다."

공자가 대답하였다.

"부모가 돌아가신 지 삼 년이 채 되지도 않았는데 흰 쌀밥을 먹고 비단으로 만든 옷을 입는다면 네 마음이 편안할 수 있겠느냐?"

그러자 재여는 시원스럽게 대답하였다.

"저는 어떠한 불편도 없을 것이라 생각됩니다."

공자는 몹시 기분이 상하여 말하였다.

"그렇게 하고도 편안할 수 있다면, 너는 그렇게 하여라! 진정으로 덕행을 갖춘 사람이라면 효를 지키는 기간 동안 마음이 몹시 비통한 법이다. 이 때문에 설사 맛있는 음식을 먹더라도 맛있는 줄 모르며, 아름다운 음악을 들어도 즐거움을 느끼지 못하고, 쾌적한 집 안에 있더라도 편안함을 느끼지 못하는 것이다. 그래서 너처럼 할 수가 없는 것이다. 그렇게 해도 편안할 수 있다면 너는 그렇게 하거라!"

공자는 재여가 물러나가자 옆에서 시중을 들고 있던 제자들에게 말하였다.

"재여는 정말로 인덕을 갖추지 못한 사람이다! 아이는 태어나 삼 년이 지나서야 비로소 부모의 품에서 벗어날 수 있는 것이다. 삼 년 동안 효를 지키는 일은 이 세상 모든 사람들이 지켜야 할 상기常期제도이거늘 …….
재여 또한 삼 년 동안 부모의 품에서 사랑을 받았을 것이다."

재여가 상기제도를 지키지 않고 제멋대로 행동하였기 때문에 공자는 그에 대한 감정이 좋지 않았다. 한번은 재여가 낮잠을 자고 있는 모습을 보고는 공자가, 재여는 썩은 나무와 같아서 어떠한 방법으로도 조각을 할 수 없다고 말하였다. 또 한 번은 재여가 공자에게 상고시대 유명한 오제五帝의 덕행에 대해 가르침을 청하였으나, 공자는 단호하게 "너는 근본적으로 이러한 분들에 대해 알 필요가 없다."라고 말하고는 대답해주지 않았다.

후에 재여는 제나라 임치臨淄라는 곳에서 대부를 지냈는데 반란에 참여하여 멸족을 당하는 극형에 처해졌다. 공자는 이 사건을 매우 부끄럽게 생각하였다고 한다.

—『사기史記 · 중니제자열전仲尼弟子列傳』

46

공자의 말에 부자父子가 소송을 철회하다

옛 책에 다음과 같은 기록이 있다.

'노나라에 어떤 부자父子가 종묘 앞에 가서 소송을 벌인 일이 있었는데, 상경上卿, 벼슬이름 계강자季康子는 부자간에 송사를 하는 일은 체통이 서지 않는 일이라 하며 그들을 죽이려고 하였다'

당시 이 사건을 공자가 지켜보고 있었는데, 공자는 계강자에게 다음과 같이 말하였다.

"그들을 죽여서는 안 됩니다. 백성들은 부자간에 소송을 벌이는 일이 의롭지 못하다는 것을 알고 있습니다. 이것은 위에 있는 사람이 인의예악의 도리로 나라를 다스리지 못하기 때문에 생기는 일입니다. 인의예악으로 나라를 다스릴 수 있다면, 이와 같은 사람들은 즉시 소리 없이 자취를 감추게 될 것입니다.

소송을 벌이던 부자는 이 말을 듣고 스스로 소송을 철회하였다. 계강자는 이 일을 이해할 수 없어 공자에게 물었다.

"효도로써 백성들을 다스릴 것을 제창하기 위하여 그들을 죽여 효도하지 않는 백성들에게 경계하도록 하기 위함인데, 왜 죽여서는 안 된단 말이오?"

공자가 말하였다.

"그렇지 않습니다. 사전에 백성들을 교육시키지 않고서 그들의 소송을 받아들이게 되면, 이는 무고한 사람들을 마구 죽이는 일이 됩니다. 마치 전쟁에서 군대가 패하게 되면 병사들이 산이 무너지듯 일시에 무너지고 마는 것과 같습니다. 그렇다고 패배한 병사들을 모두 죽일 수는 없는 노릇 아니겠습니까? 그러므로 소송사건은 함부로 다스릴 수도 없으며, 또한 마음대로 형벌을 사용해서도 안 됩니다. 윗사람이 교육을 숭상하고 솔선수범한다면, 백성들은 자연히 이들을 흠모하여 선을 행하게 됩니다. 따라서 이때에는 교화해도 듣지 않은 사람을 형벌로 다스려도, 백성들은 이것이 응당 받아야 할 죄라는 것을 알게 될 것입니다.

칠팔 척 높이의 담은 보통 사람들이 뛰어넘을 수 없으나, 칠팔 척 높이의 산은 어린아이라도 올라가 구경할 수 있습니다. 이는 산의 기울기가 점차적으로 변하기 때문입니다. 지금 세상에 인의가 쇠한 지 이미 하루 이틀의 일이 아닙니다.

군자는 백성들을 올바로 인도하여 방향을 잃지 않도록 하기 때문에 화를 내지 않아도, 형벌을 사용하지 않아도 위엄이 서는 것입니다. 옛날 선왕들은 예로써 백성들을 다스렸는데, 이는 마치 마차를 부리는 일과도 같습니다. 형벌은 말채찍과 같습니다. 즉, 고삐나 재갈 없이 단지 채찍만을 사용하여 말을 부리는 것과 같습니다. 말을 앞으로 가게 하려면 말 뒤에서 채찍질을 하고 말을 뒤로 가게 하려면 앞에서 하게 되는데, 그렇게 하면 말이 지칠 뿐 아니라 온몸이 상처투성이가 됩니다. 바로 지금의 상황도 마찬가지입니다. 군주는 피곤해지고 백성들은 형벌을 받는 일이 많아지게 됩니다. 윗사람이 예로써 나라를 다스리지 않으면 근심스런 일이 발생하는 것을 피할 수 없게 됩니다. 그리고 아랫사람이 예에 따라 일을 행하지 않으면 법을 어기는 일을 피할 수가 없게 됩니다. 그러므로 위아래가 모두 예를 지키지 않는다면 파멸이 가속화되지 않겠습니까?"

계강자는 공자에게 경의를 표하고, 다시 몸을 일으켜 자리를 떠나면서 두 번 절한 후에 말하였다.

"내 비록 재주가 없으나 선생의 가르침을 받기를 진심으로 바라오."

공자가 말하였다.

"아닙니다."

계강자가 자리를 떠난 후에 자로가 공자에게 물었다.

"그렇다면 선생님께서는 어떻게 해야만 이러한 파멸을 면할 수 있다고 생각하십니까?”

공자가 말하였다.

“알리지 않고서 임무를 완수하도록 사람을 독촉하는 것은 사람에 대한 학대이다. 그리고 명령을 아랑곳하지 않으면서 사람들로 하여금 제때에 임무를 마치고 결과를 보고하도록 독촉하는 것은 사람에 대한 폭력이다. 더구나 가르치지 않고서 사람을 마구 죽이는 행위는 사람에 대한 박해이다. 그러므로 군자가 정사를 다스릴 때에는 이 세 가지 폐단을 피해야 하는 것이다.”

—『한시외전韓詩外傳』 권3 제32장

47

군자는 효를 잊지 않는다

공자가 가을에 상嘗 가을에 새로운 곡식을 올려 지내는 제사 제사를 거행하였다. 그는 제기를 받들어 조상의 영위靈位에 올릴 때에 특별히 신중하게 하였고, 걸음걸이는 빠르고도 급하게 하였다.

제례가 다 끝난 후에 자공이 물었다.

"선생님께서는 일찍이 저희들에게 '제사를 지낼 때에는 장중한 태도를 경계하고, 두려워하는 듯한 표정을 지어야 한다.'고 말씀하셨습니다. 그런데 오늘 선생님께서 제사를 진행하실 때에는 그러한 태도와 표정을 찾아볼 수 없었습니다. 그 이유가 무엇인지요?"

공자가 대답하였다.

"태도가 장중하다는 것은 소원疏遠 친분이 가깝지 못하고 멂한 표정이며, 마음으로 경계하고 두려워하는 것은 자신에 대한 경계이다. 소원한 표정과 마음으로 경계하는 심리가 있으면 어떻게 부모의 영혼과 서로 통할 수 있겠느냐? 천자나 제후의 제례에 참석하여 제례가 다 끝난 후에는, 사람들은 익은 음식을 임금에게 바치고 음악에 맞추어 움직이며 직위에 따라 응하게 된다. 그러니 그러한 장소에서는 당연히 조심스럽게 행동해야 하는 것이다. 그렇지 않으면 사람들과 신명이 통할 수 없기 때문이다. 그러므로 똑같은 말이라 해도 어찌 하나의 의미만을 내포하고 있겠느냐? 당연히 양쪽 방면에서 이야기해야만 둘 다 합당한 의미를 찾을 수 있는 것이다.

효자가 제사를 지낼 때 먼저 해야 할 일은 제사에 사용하는 제기를 완벽하게 준비하는 것이다. 그러고 나서 마음속의 잡념을 없애고 모든 것을 적절히 준비해야 한다. 조묘祖廟 조상의 묘를 깨끗하게 정리하고, 벽과 방 사이를 띄우고, 사람을 보내어 준비해야 할 물건들을 준비하고, 제사를 지내는 주인主人과 주부主婦는 목욕재계한 후, 의복을 단정하고 엄숙하게 차려입고 제기를 바쳐야 한다. 제기를 올리는 사람은 공경스럽게 받들지 못하고 실수를 할까 두려워하는 듯한 태도를 취해야 하는데, 이는 부모에게 효도하고 공경하는 마음이 극도에 도달한 것을 표현하는 것이다. 그러한 후에 익은 음식을 올리고 음악에 따라 움직이며 그 직위에 따라 응대해야 한다. 그러므로 제사를 지내는 사람은 기쁜 마음으로 부모의 영혼과 교감하여 마치 제기를 함께 쓰는 것처럼 해야 한다. 소위 영혼이 제기를 함께 쓰는 것같이 한다는 것은 효자가 조상에게 제사 지내는 마음이 그러하다는 것이지, 현실이 그와 같다는 말은 아니다. 또 효자가 제사를 지낼 때에는 마음을 다하여 경건한 행동과 동작을 표현하고, 성실한 마음과 믿음을 다하여 조상의 신령이 존재하고 있다는 것을 확신하며, 공경하는 마음을 다하여 귀신을 섬긴다는 뜻을 표현하여, 조상의 영혼을 대함에 있어 행동과 예절에 맞게 너무 지나치거나 혹은 미치지 않는 곳이 없어야 한다. 제사를 지내는 과정에서 앞으로 한 걸음 나아가거나 뒤로 한 걸음 물러났을 때 모두 공경을 다하여 마치 신령의 말에 귀를 기울이고 있는 듯이 하며, 또한 마치 신령의 말을 기다리고 있는 듯이 해야 한다. 효자가 제사를 지낼 때는 이와 같아서 서 있을 때는 몸을 굽혀 경건함을 표현해야 하며, 앞으로 나아가 제기를 올릴 때는 분명히 존경하고 기뻐한다는 마음을 나타내고 경건함과 신령이 만족할 만한 마음을 표현해야 한다. 제기를 다 올린 후에는 물러서서 마치 신령의 분부를 기다리는 듯이 해야 하며, 제기를 물리고 뒤로 물러나 있을 때도 얼굴은 여전히 경건한 기색을 띠고 있어야 한다.

효자가 제사를 지낼 때 똑바로 서서 몸을 굽히지 않는 것은 행동의 거침을 보이는 것이며, 앞으로 빠른 걸음으로 갈 때 즐거운 기색을 띠지 않는 것은 지나치게 소원하다는 것을 나타내는 것이다. 제기를 올릴 때 신령의 만족한 기색을 얻지 못하는 것 역시 관계가 지나치게 소원하다는 것을 보여주며, 뒤로 물러섰을 때 분부를 기다릴 준비를 하지 않는 것은 오만하다는 것을 보여주는 것이다. 제기를 물리고 뒤로 물러날 때 얼굴에 경건한 기색이 없는 것은 마음속으로 제사를 지내는 어버이를 망각하고 있는 것과 같은 것이다. 이렇게 하는 제사는 완전히 잘못된 것이다.

효자가 만약 부모에 대해 깊고 두터운 사랑이 있으면 반드시 온화한 태도가 나오기 마련이며, 온화한 태도가 있게 되면 반드시 기쁜 기색이 나타나게 되고, 기쁜 기색이 나타나면 반드시 온순함이 얼굴에 나타나는 법이다.

효자가 제사를 지낼 때는 마치 손에 귀중한 옥을 잡고 있거나 잔에 가득히 차 있는 물을 받쳐드는 것처럼 하여 마치 묵직하고 무거운 짐을 들지 못하는 것과 같은 모습, 또한 실수하여 깨질까 두려워하는 모습을 해야 한다. 이때는 엄숙하고도 장중한 기색을 띠어야 하는데, 이것은 젊은 사람이 부모를 섬길 때 가져야 할 태도가 아니라 선비가 가져야 할 태도인 것이다."

—『예기禮記 · 제의祭儀』

48

거문고로 부친 잃은 슬픔을 토로한 민자건

민자건閔子騫은 노나라 사람으로, 공자보다 열다섯 살이 어렸다. 공자는 그가 부모에게 효도할 줄 아는 사람이라고 생각하였다.

민자건은 아주 어려서 어머니를 여의었기 때문에 아버지가 그를 위해 계모를 들였는데, 그녀는 마음씨가 악독하여 자기의 친아들만 사랑하고 민자건은 보살피지 않았다.

한번은 계모가 한겨울에 민자건에게 밖에 나가 방목하도록 하면서 갈대꽃으로 채운 저고리를 입혔는데, 이 옷은 겉으로는 그럴싸해 보였지만 실제로는 홑옷을 입은 것과 다름이 없었다. 그러나 효심 깊은 민자건은 계모 역시 어머니라고 생각했기 때문에 이 일을 아버지에게 말하지 않았다. 그래서 방목할 때 발을 옮기기 힘들 정도로 몸이 꽁꽁 얼어붙어 가축을 잘 보살필 수 없었고, 계모는 이를 두고 그의 부친에게 민자건에 대한 나쁜 말만 옮겼다. 결국 화가 난 아버지가 방목용 채찍으로 민자건을 때렸고, 그가 입고 있던 얇은 옷이 찢어져 갈대꽃 솜털이 바람에 날렸다. 이에 아버지는 비로소 자기가 아들을 잘못 나무랐다는 사실을 깨닫고는 꽁꽁 얼어붙은 민자건을 안고 통곡하였다. 이 일로 민자건의 아버지는 처가 몹시 악독한 사람이라는 것을 알고 그녀를 집에서 쫓아내었다. 이후 민자건은 계모와 이복동생이 아버지의 품을 떠나 매우 고생하고 있다는 사실을 알게 되었다. 그래서 계모를 위해 아버지에게 간청하여 마침내 아버지의 마음을 움직였다. 그 뒤 민자건의 계모는 이전의 잘못을 뉘우치고 두 아들을 똑같이 사랑하였다고 한다.

이 이야기는 그저 민간에서 내려오는 전설에 지나지 않지만, 분명한 것은 민자건의 "순수한 효도"를 세상에 널리 알리기 위해서 나온 이야기라는 사실이다. 역사서의 기록에 의하면, 민자건은 후에 공자의 제자가 되었으며 학업을 성취하여 72명 현인의 대열에 서게 되었다.

민자건의 부친은 민자건이 공자를 따라 배울 때 세상을 떠났다. 그는 당시의 예절에 따라 묘에서 부친을 위해 삼 년 상의 효를 다한 후에야 비로소 공자의 제자로 들어갔다. 민자건이 돌아와 공자를 만났을 때, 공자는 그에게 거문고를 주고 줄을 잘 조율하여 한 곡을 타도록 하였다. 민자건은 선생님의 분부대로 거문고 현을 잘 조율한 다음 거문고를 타기 시작하였는데, 그 소리가 매우 구슬펐다. 그는 한 곡을 다 마치기도 전에 거문고 연주를 멈추고 말하였다.

"선조께서 예절을 만드셨으나 제자가 이제 막 부친을 잃었으니 차마 음악을 할 수가 없습니다."

공자는 그 말을 듣고 그를 칭찬하였다.

"정말 도덕이 있고 학문이 있는 군자로다."

자하 역시 부친이 세상을 떠났을 때 삼 년 상을 마친 후에 돌아왔다. 공자가 또 자하에게 거문고를 주고 한 곡을 타도록 하였다. 자하는 공자의 뜻에 따라 매우 기뻐하며 몇 곡을 연주한 후에 말하였다.

"선조가 음악을 연주하는 예절을 만드셨으니 저는 감히 흥을 다하여 연주하지 않을 수 없습니다."

공자가 또 칭찬하면서 말하였다.

"도덕이 있고 학문이 있는 군자로다."

자공이 이를 듣고는 공자의 태도가 이해되지 않아 공자에게 물었다.

"민자건이 거문고를 탈 때는 슬프고 애절하였는데, 선생님께서 그를 군자라고 말씀하셨습니다. 그리고 자하가 거문고를 탈 때는 돌아가신 아버지에 대해 전혀 상심하는 기색이 없었는데도 선생님께서는 그를 군자라고 말씀하셨습니다. 저는 어리석은 사람인지라 그 가운데의 도리를 이해할 수가 없습니다. 선생님께서 말씀해주십시오."

공자가 그에게 대답하였다.

"민자건은 돌아가신 아버지에 대한 애통함이 아직 다하지 않아 예법으로써 거문고를 타는 것을 중단할 수 있었으니 당연히 군자인 것이다. 자하는 돌아가신 아버지에 대한 애통함이 이미 다하여 정상적인 예절에 따라 정상적으로 음악을 연주한 것이다. 군자가 음악을 연주할 때는 중간에 중단해서는 안 되는 것이기에, 그 또한 군자라고 말한 것이니라."

—『설원說苑 · 수문修文』

공자께서 말씀하셨다.

“남이 나를 알아주지 않는 것을 걱정하지 말고, 내가 남을 모르는 것을 두려워하라.”

孔子

孔子

자기 성찰과 처세

49

자공이 삼 년 만에 자신이 공자만 못하다는 것을 깨닫다

유생儒生들은 봉황鳳凰, 고대 중국에서 상서로운 새로 여기던 상상의 새이나 기린麒麟성인이 세상에 나올 징조로 나타난다는 상상의 동물 같은 상서로운 새나 짐승처럼, 성인은 보면 즉시 알 수 있다고 생각하였다. 예를 들면, 요堯 임금 때 고요皐陶의 입은 말 주둥이처럼 생겼고, 공자의 정수리는 가운데가 움푹 파이고 그 주변이 불쑥 솟아오른 모양이 마치 지붕을 뒤집어놓은 듯하여, 그 모습이 다른 사람들과 달랐다고 한다. 그러나 설사 지혜와 능력이 탁월하고 입 모양이 말 주둥이와 같거나 머리 모양이 지붕을 뒤집어놓은 듯한다고 해서 그들을 성인이라고 부를 수는 없는 것이다. 이유는 열두 명 성인의 생김새가 각기 다르고, 전대 성인의 생김새를 후대 성인의 생김새와 비교하기 어렵기 때문이다. 또한 골격과 생김새가 다르고 이름과 체형이 다르며 출생 지역도 다른데, 어떻게 그들이 성인이라는 것을 알 수 있겠는가? 한漢나라 때 환군산桓君山이 양자운에게 말하였다.

"후세에 만일 다시 성인이 출현 한다면 사람들은 그의 재능이 자신을 능가한다는 사실만 알아볼 수 있을 뿐이지, 대부분 그가 성인인지 아닌지 정확하게 판단할 수는 없을 것입니다."

그 말에 양자운도 "정말 그렇습니다."라고 대답하였다.

환군산과 양자운같이 지혜와 재능이 뛰어난 사람들도 어떤 사람이 성인인지 알아보기 어려운데, 지혜가 평범한 유생들이야 죽을 때까지 성인의 골상을 알고 있다고 한들, 일반적인 견해에서 벗어나지 못한다면 성인을 알아보지 못할 것이다.

성인을 알아보지 못한다는 말은 바로 봉황과 기린을 알아보지 못한다는 말과 같다. 그런데도 일반사람들은 어떤 동물을 보고 "봉황이다, 기린이다"라고 말하는데, 그들은 무엇을 근거로 이처럼 부르는 것일까? 옛 사람들이 봉황이나 기린이라고 부른 동물이 있기는 했으나, 이는 다만 새나 짐승 중에서 진귀한 것일 뿐이었다. 깃털과 생김새가 일반 동물과 다르며, 또한 함부로 날아다니지도 움직이지도 않으며, 다른 짐승과 먹을 것을 다투어 배를 채우지도 않는 동물을 일컬어 봉황이나 기린이라고 불렀던 것이다. 일반 사람들이 알고 있는 성인이란 바로 이와 같은 이치로 본 사람에 불과하다.

성인이란 사람들 무리 가운데 뛰어난 사람을 일컫는 말로, 기이한 골상骨相 주로 얼굴이나 머리뼈에 나타난 그 사람이나 운명을 가지고 있고 지혜와 재능이 세상의 이치에 통달한 사람을 말한다. 성인이라 할지라도 한 번 보았다거나 혹은 한두 마디 말을 나누어 보았다고 해서 다른 성인을 알아보는 것은 아니다. 함께 생활하면서 그 사람을 겪은 후에만 비로소 그가 성인인지 아닌지 깨닫게 된다.

이것을 어떻게 증명할 수 있을까? 자공子貢은 공자를 한 해 모신 후에 자신이 공자보다 뛰어나다고 생각했다. 다시 두 해를 모시고 나서는 공자와 같다고 생각하였고, 삼 년이 지나서야 비로소 자신이 공자만 못하다는 것을 깨닫게 되었다. 이 말은 한두 해 공자를 모실 때는 그가 성인이라는 사실을 알지 못하다가 삼 년이 되어서야 비로소 그가 성인이라는 사실을 알게 되었다는 말이다. 일반 유생들의 지혜와 재능은 분명 자공만 못할 것이고, 자공이 공자를 알게 된 삼 년이라는 시간을 두고 볼 때, 자신이 만난 성인에게도 배우지 않고 한 번 보고 자신이 성인을 알아볼 수 있다고 주장하는 것은 분명 잘못된 것이다.

—『논형論衡・강서편講瑞篇』

50

매미 잡는 노인이 도술을 말하다

공자가 여행을 하던 중 남방의 초楚나라에 이르게 되었다. 그가 막 숲 속을 벗어나려고 할 때, 한 꼽추 노인이 매미 잡는 광경을 보게 되었다. 그런데 그 모습이 마치 땅 위의 물건을 집는 것처럼 쉬워 보였다. 그래서 공자가 노인에게 다가가 물었다.

"실례합니다만, 노인장께서 매미를 잡고 계신데, 잡는데 어떤 특별한 방법이라도 있습니까?"

노인이 대답하였다.

"방법이 있습니다, 매년 오뉴월이 되면 대나무 끝에 작고 둥근 물건 두 개를 떨어지지 않게 정확하게 겹쳐놓고 겨냥해 잡는 연습을 하는데, 거의 실패하지 않는답니다. 그 다음에는 둥근 물건 세 개를 떨어지지 않게 쌓아

놓고 잡는데, 열에 아홉까지는 문제가 없습니다. 그 다음 다섯 개의 둥근 물건을 떨어지지 않게 쌓아놓고 손으로 잡으면 마치 땅 위의 물건을 집는 것처럼 쉽습니다. 나는 나무 말뚝처럼 한곳에 서서 마른 나뭇가지처럼 팔을 움직이지 않을 수 있답니다. 비록 천지가 넓고 만물이 많다고 하지만, 나는 마음속으로 오직 매미의 날개만을 생각합니다. 그러므로 생각에 흐트러짐이 없고, 만물을 매미의 날개로 착각하지도 않는답니다. 그러하거늘 매미를 잡는데 어찌 실수를 할 수 있겠습니까?"

공자가 고개를 돌려 제자들에게 마음을 하나로 모으면, 입신入神, 기술이나 기예 등이 뛰어나 영묘한 지경에 이르는 것하게 된다. 이 꼽추 노인은 바로 그러한 사람이라고 할 수 있다.

매미를 잡던 노인이 말하였다.

"당신들처럼 소매가 넓은 옷을 걸친 유생들은 오직 헛된 인의仁義로써 천하를 교화 하는 것만 알고 있기 때문에, 사람들에게 어지럽게 명예와 이익만 쫓도록 하고 있습니다. 결국 그들은 온갖 생각을 다 짜내어 자신들의 본성을 잃어버리게 되니, 무슨 마음의 여유가 있어 매미 잡는 도리를 알 수 있겠습니까? 그러니 당신들은 계속 당신들의 인의지술仁義之術이나 닦도록 하십시오. 나는 매미 잡는 도道를 기록하여 후대에 전한다면 그걸로 충분합니다."

—『열자列子 · 황제편黃帝篇』

51

놀란 가슴을 가라앉히고 기우機遇를 논하다

공자가 한번은 진陳나라와 채蔡나라에 포위되어 곤욕을 당한 적이 있었다. 이때, 포위가 풀리자 놀랐던 자로子路가 공자에게 물었다.

"착한 일을 한 사람에게는 하늘이 복을 내려주시고 악한 일을 한 사람에게는 재앙을 주신다고 하였습니다. 선생님께서는 덕德과 인仁을 쌓으셨고, 착한 일을 하신지도 오래되었습니다. 하지만 제 생각은 아직까지 미흡한 부분이 있지 않나 싶습니다. 그렇지 않다면 어떻게 지금과 같은 일을 당할 수 있겠습니까?"

이에 공자가 대답하였다.

"너는 소인배로구나, 아직도 사리에 맞지 않는 말을 하는 것을 보니. 여기 앉아보거라. 내가 너에게 이야기해 주겠다. 너는 지혜로운 자는 죄가 없다고 생각하느냐? 그렇다면 비간比干이 무엇 때문에 심장을 가르고 죽었겠느냐. 너는 바른 말을 하면 모든 사람들이 그 말을 받아들일 것이라고 생각하느냐? 그렇다면 오자서伍子胥가 무엇 때문에 두 눈이 뽑혀 오吳나라 도성 동문에 내걸려 죽음을 당했겠느냐. 너는 청렴결백한 사람이 모두 등용될 수 있다고 생각하느냐? 그렇다면 백이伯夷와 숙제叔齊가 무엇 때문에 수양산에서 굶어 죽었겠느냐. 너는 충직하고 의로운 사람이 모두 신임을 얻을 수 있다고 생각하느냐? 그렇다면 어째서 포숙아鮑叔牙가 버림을 받고 등용되지 못하였겠느냐. 또한 왜 섭자고葉子高가 평생토록 벼슬에 나아가지 않았고, 포초鮑焦가 나무를 끌어안고 굶어 죽었으며, 개자추介子推가 불에 타 죽었겠느냐.

비록 군자가 박학다식하다 해도 일생 동안 때를 만나지 못하는 경우가 수없이 많다. 그러니 이런 경우가 어찌 나 공구孔丘공자의 본명 한 사람뿐이겠느냐. 어진 것과 못나고 어리석은 것은 자신의 자질로부터 결정이 되나, 기회를 만나고 만나지 못하는 것은 모두 시기의 문제다. 그러므로 지금 생애에 때를 만나지 못한다면, 어진들 무슨 소용이 있겠느냐.

먼 옛날 우순虞舜은 역산歷山의 남쪽 기슭에서 농사를 지었으나, 후에 천자가 되었다. 그것은 당요唐堯를 만났기 때문이다. 전설에 의하면 흙을 짊어지고 성벽을 쌓던 노예가 대부大夫로 발탁되었다고 하는데, 그것은 그가 무정武丁을 만났기 때문이다. 이윤伊尹은 일찍이 유신씨有莘氏의 하인으로 부엌에서 일을 하였으나 후에 재상이 되었다. 그것은 그가 상탕商湯을 만났기 때문이다. 여망呂望은 나이 오십을 넘겨 자진에서 음식을 팔았고, 칠십에 이르러서는 조가朝歌에서 돼지를 키웠으나 구십에 이르러 비로소 천자의 사부가 될 수 있었는데, 그것은 그가 주 문왕을 만났기 때문이다. 관이오管夷吾는 일찍이 오랏줄에 묶여 호송차에 갇혀 있었으나, 후에 중부仲父, 춘추시대 제 환공인 관이오(관중(管仲을 높여서 부른 호칭)가 되었다. 그것은 그가 제 환공을 만났기 때문이다. 백리해百里奚는 양가죽 다섯 장에 자신을 팔아 진秦 목공穆公을 위해 소와 양을 방목 하였으나, 후에 대부로 천거되었다. 그것은 그가 진 목공을 만났기 때문이다. 반면, 우구虞丘는 그 이름을 천하에 떨쳐 영윤으로 승진하게 되었으나, 오히려 관직을 손숙오孫叔敖에게 양보하였다. 그것은 그가 초 장왕莊王을 만났기 때문이다. 오자서가 공이 많았으나 죽임을 당해 성문에 내걸리게 된 것은 그의 지력智力사물을 헤아리는 능력이 쇠하였기 때문이 아니라, 처음에는 그가 합려闔閭를 만났으나 후에 부차夫差를 만났기 때문이다.

천리마로 하여금 소금수레를 끌게 한다면, 그 모습은 분명 천리마이지만 사람들은 천리마를 알아보지 못할 것이다. 만일 천리마가 백락伯樂을 만나지 못했다면, 어떻게 하루에 천 리를 달릴 수 있는 다리 힘을 가질 수 있었겠느냐. 아무리 수레를 잘 모는 조보造父라 해도 천 리를 달리게 할 수 있는 재주는 가지지 못했다. 향초香草, 향기 나는 풀가 아무리 무성해도 삼림이 울창한 깊은 숲 속에 있어서 사람들이 알아보지 못한다면 향기가 나도 아무 소용이 없지 않겠느냐.

성인들은 단순하게 옛날과 지금의 일에 정통하고자 하지 않는다. 다시 말해서, 자신이 어려운 처지에 놓이게 될 때를 위하여 근심과 의지를 쇠하지 않게 하며, 화복禍福의 끝을 꿰뚫어 보아 자신의 마음이 허상에 홀리지 않게 한다. 그렇기 때문에 성인은 집에 오래 은거하여 외출을 적게 하며 심사숙고하는 까닭에 일반 사람들과 다른 독특한 견해를 제시할 수 있는 것이다. 앞에서 말한 순舜 임금우순이야말로 진정한 현성賢聖이라고 할 수 있다. 군주의 자리에 있으면서 넉넉하게 천하를 다스릴 수 있었던 것은 다행히도 요堯 임금을 만날 수 있었기 때문이다. 만일 순 임금이 하夏의 걸桀 임금이나 은殷의 주紂 임금 때 태어났다고 한다면, 요행히 죽음은 면하여 자신의 생명을 보존할 수 있었을는지는 모르겠지만, 어찌 천자의 자리를 바랄 수 있었겠느냐. 하의 걸 임금은 관용봉關龍逢을 죽였고 상의 수 임금은 비간을 죽였는데, 설마 관용봉이 우매무지하고 비간이 자신의 의무를 몰랐기 때문이었겠느냐. 다시 말하면, 결국에는 이 모든 것이 살아서 때를 만나지 못했기 때문이다. 그렇기 때문에 군자에게 있어 학문에 힘쓰고, 몸과 마음을 수양하며, 또 행동을 단정히 하는 것 이외에 가장 중요한 것이 바로 기우機遇때를 만남인 것이다. 너도 현실에 미혹되어 마음을 빼앗기지 말거라."

—『한시외전韓詩外傳』 권7 제6장

52

곤경을 덕과 학문을 시험하는 계기로 삼다

기원전 489년 공자는 초나라 소와의 초청을 받았다. 당시 초나라는 진陳나라와 연합하여 진나라를 침략한 오吳나라 군대와 전쟁을 벌이고 있는 중이었다. 그래서 공자는 진나라 완구宛丘를 출발하여 채나라 부함負函을 지나 초나라에 들어가고자 하였다. 부함은 초나라의 대장군 심제량沈諸梁이 군사를 주둔시키고 있는 곳이었기 때문에, 다른 곳에 비해 비교적 안전하였다.

공자가 초나라에 가려고 한다는 소식이 나돌자 진나라와 채나라의 일부 대신들은 비밀리에 모여 대책을 논의하였다.

"공자의 재능이 너무나 뛰어났던 까닭에 진나라와 채나라에서 중용되지 못하였습니다. 지금 그가 초나라에 가게 되면 우리가 위험에 처하게 될 것입니다. 초나라는 대국입니다. 그러므로 만약 초나라가 공자를 중용한다면, 진나라와 채나라에 이로울 것이 없습니다."

이런 이유로 대신들은 병사를 모집하여 공자와 제자들을 진나라 변경에 잡아둠으로써 초나라에 가려는 공자를 막으려 하였다. 그러나 공자는 이번 여행을 쉽게 포기할 수 없었다. 그래서 어쩔 수 없이 대신들이 파견한 병사들과 대립하게 되었고, 시간이 흘러 가지고 있던 식량까지 바닥나는 상황을 맞게 되었다. 그러자 제자들 중에 지치고 굶주려 자리에 눕는 사람들이 생기기 시작하였다. 그러나 공자는 이러한 상황에서도 태연자약泰然自若, 마음에 어떠한 충동을 받아도 움직임이 없이 천연스러움한 모습으로 강의를 하거나 거문고를 탔으며, 또 평상시처럼 노래를 부르기도 하였다. 하지만 제자들은 이러한 상황을 참을 수 없었다. 그 가운데서도 성질이 몹시 급한 자로가 답답함을 참지 못하고 잔뜩 화가 나서 공자에게 물었다.

"선생님! 도덕과 학문이 있는 사람도 곤궁에 처할 때가 있습니까?"

공자가 대답하였다.

"암, 있고말고. 그러나 덕과 학문이 있는 사람은 곤궁에 처했을 때 조용히 자기의 분수와 절개를 지키지만, 덕과 학문이 없는 사람은 일단 곤궁에 처하게 되면 하고 싶은 대로 한다."

자로는 더 이상 아무 말도 하지 못하였다. 그런데 공자 옆에 있던 자공은 그 말에 동의하지 않는 듯 얼굴색이 좋지 않았다. 공자는 이러한 분위기를 알아차리고, 제자들을 안심시키기 위해 고심하던 끝에 자로를 불러 말하였다.

"옛 시가 중에 '코뿔소도 아니고 호랑이도 아닌데, 들판에서 어지럽게 뛰어다니며 무엇을 하려고 하는가?'라는 말이 있다. 우리가 말하는 도리가 잘못된 것이기 때문에 이렇게 갇혀 꼼짝 못한다는 말이겠느냐?"

자로가 대답하였다.

"아마도 저희들의 인덕仁德이 부족하기 때문에 사람들이 믿지 못하는 것 같습니다. 그리고 지혜가 모자라기 때문에 사람들이 저희들의 주장을 받아들이려고 하지 않는 것 같습니다."

공자는 자로의 대답이 만족스럽지 못하여 다시 물었다.

"유由야! 만일 인덕이 있다면 다른 사람들의 믿음을 얻을 수 있단 말이냐? 그렇다면 어째서 백이와 숙제가 굶어 죽었단 말이냐. 또 지혜가 있다고 하면, 자신의 주장이 통한다는 말이냐? 그렇다면 어째서 비간이 상나라 걸왕에게 죽음을 당했단 말이냐."

자로가 물러간 후, 공자가 자공에게 물었다.

"옛날 한 시가에 '코뿔소도 아니고 호랑이도 아닌데, 들판에서 어지럽게 뛰어다니며 무엇을 하려 하는가?'라는 말이 있다. 우리가 말하는 도리가 틀렸기 때문에 사람들이 우리를 이곳에 잡아두었다는 말이냐?"

자공이 대답하였다.

"선생님께서는 이상이 너무도 높으십니다. 그렇기 때문에 가는 곳마다 받아들여지지 않는 것이며, 저희들이 이렇게 들판에서 방황하고 있는 것입니다. 선생님의 마음을 조금이라도 바꾸실 수는 없는 것입니까?"

이 말을 듣고 공자는 자공을 타이르며 말하였다.

"사賜야! 훌륭한 농부는 부지런히 밭을 갈지만, 반드시 많은 수확이 있다고는 보장할 수 없다. 또한 뛰어난 장인이 만든 여러 가지 훌륭한 물건들이 사람들에게 반드시 필요한 것이라고는 말할 수 없다. 한 사람이 자신의 생각을 조리 있게 설명할 수 있다고 해서 다른 사람들이 모두 그의 주장을 받아들이는 것은 아니다. 너는 지금 네 자신의 덕과 학식을 수양할 생각은 하지 않고, 다른 사람이 네 주장을 받아들일 수 있는가 하는 점에만 관심을 두고 있으니, 아! 네 이상이 너무나 짧고도 얕구나."

말을 마친 후, 공자는 자공을 물러가도록 하였다. 계속해서 안연에게 같은 문제를 묻자, 안연이 말하였다.

"존경하는 선생님, 선생님의 이상은 정말로 높으십니다. 그래서 사람들에게 용납되지 못하고 저희들로 하여금 호랑이나 코뿔소처럼 들판을 분주하게 방황하도록 하는 것입니다. 그러나 선생님께서 자신의 주장을 펼치고자 노력하신다면, 다른 사람이 용납하지 못한다고 해도 무슨 상관이 있겠습니까? 이것은 바로 군자의 덕과 학식, 그리고 신념에 대한 시련일 뿐입니다. 그러므로 훌륭한 주장을 내세우지 못하는 것이 오히려 치욕입니다. 또 설사 저희들이 훌륭한 주장을 내세웠는데도 아무도 실행하려고 하지 않는다면, 그것은 바로 통치자의 치욕입니다. 따라서 지금 저희들의 주장이 받아들여지지 않는 것은 바로 저희들에 대한 시험입니다."

안연의 말을 들은 공자는 기쁨의 미소를 머금고 말하였다.

"안연아! 네 말이 참으로 도리에 맞는구나. 만일 내게 돈이 있으면 너에게 맡겨 관리하고 싶구나."

안연의 말이 바로 공자가 듣고 싶어 했던 말이었다. 제후국을 떠돌며 갖은 수모를 겪으면서도 중용되지 못했던 공자는 제자들이 이런 곤경을 덕과 학문을 시험하는 계기로 여기기를 바랐던 것이다. 만일 이러한 이상과 신념이 없었다면, 공자는 아마도 14년이라는 긴 시간동안 여러 제후국을 돌아다니며 자신의 뜻을 밝히지 못했을 것이다.

당시 진나라 변경에 꼼짝 못하고 갇혀 있던 공자는 안연의 말로써 제자들을 안심시켰으며, 한편으로는 자공을 보내 초나라 군대와 연락을 취하여 마침내 그들의 보호 아래 진나라를 떠나 부함負函으로 갈 수 있었다.

— 『사기史記 · 공자세가孔子世家』, 『논어論語 · 위령공衛靈公』

53

광주리를 짊어진 사내가 공자의 경 소리를 말하다

공자가 위나라에 머물고 있을 때, 하루는 집 안에서 경磬, 경쇠: 옥이나 돌로 만든 아악기을 치고 있었다. 그때 광주리를 등에 짊어진 사람이 문 앞을 지나다가 경을 치는 소리를 한참 동안 멈추어 서서 듣고는 이렇게 말하였다.

"경을 치고 있는 사람은 훌륭한 사상을 지닌 사람이구나!"

그러고는 한참 동안 다시 듣다가 말하였다.

"그런데 이 사람은 고집이 너무 세구나. 경의 소리가 크고 급하니, 정말로 애석하다. 보아하니 이 사람은 남이 자신을 알아주지 않는 것을 두려워하는구나. 남이 자신을 알아주지 않는데 어째서 억지로 강요하는지 모르겠다. 옛날 동요에,

'물이 깊으면 옷을 입고 헤엄쳐 건너가네. 물이 얕으면 바짓단을 걷어 올리고 건너가네. 아! 그만두자, 그만둬. 이렇게까지 할 필요가 있을까?'라는 말이 있건만."

말을 마친 후, 그 사람은 제 갈 길로 가버렸다. 공자가 그의 말을 듣고는 손을 멈추어 탄식하며 말하였다.

"말이 너무 단호해 더 이상 반박할 말이 없구나."

공자는 그 사나이의 말이 너무나 정확하여 아무 말도 할 수 없었다. 당시 공자는 성급하게 자신의 주장을 펼치고자 고심하고 있었는데, 경을 칠 때 그런 마음이 자신도 모르게 드러난 것이었다.

공자는 일찍이 "다른 사람이 나를 알아주지 않음을 걱정하지 말고, 할 수 없음을 걱정하라."고 하였는데, 이 말은 다른 사람이 나를 알아주지 않음을 조급해 하지 말고 다만 자신의 능력이 부족함을 걱정해야 한다는 뜻이다. 말은 비록 이렇게 하였지만, 정작 공자 자신이 중용을 받지 못하게 되자 심리적으로 다른 사람이 알아주기를 간절히 희망하게 되었던 것이다.

한번은 공자의 제자 자로가 석문石門에서 하룻밤을 묵고 이튿날 아침 성 안으로 들어가려고 할 때, 성문을 지키는 관리가 어디서 오는 길이냐고 물었다. 이에 자로가 공씨孔氏의 집에서 온다고 대답하자, 관리가 어느 공씨를 말하는 것이냐고 물으면서 "분명 이룰 수 없음을 알면서도 굳이 하려고 하는 그 공구가孔丘家를 말하는 것인가?"라고 물었다. 자로는 대답할 말이 없었다.

당시 수많은 사람들의 눈에 공자는 대단히 완고한 사람으로 비쳐졌다. 그는 언제나 극단적으로 이상화된 자신의 정치 주장을 마음에 품고서 조금도 바꾸려 하지 않았다. 이것은 공자가 주장한 "오래도록 자신이 한 말을 잊지 않고자 노력한다久要不忘平生之言"는 말을 실천하려는 의지에서 비롯된 것이었다. 공자는 이 말을 사람이 힘써 지켜야 할 원칙으로 여겼다. 다시 말해서, 설사 오랫동안 빈곤하게 지낸다 해도 자신이 평소에 한 약속을 잊어서는 안 된다는 점을 말한 것이다.

—『논어論語 · 헌문憲問』

54

무마기가 인의를 잊지 않다

자로와 무마기가 완구宛丘 산 이름 아래에서 땔나무를 하고 있는데, 진나라의 부자 처사씨處師氏가 수레 백 대를 세워 놓고 산 위에서 여러 사람들과 어울려 술을 마시고 있었다. 이 모습을 보고 자로가 무마기에게 말하였다.

"만일 그대가 알고 있는 것을 잊지 못하도록 하는 동시에 그대의 재능을 펼치지 못하게 하고, 처사씨와 같은 부귀를 얻도록 하되 죽을 때까지 선생님을 뵙지 못하게 한다면 자네는 그렇게 할 수 있겠는가?"

무마기는 이 말을 듣고 하늘을 보며 탄식한 후 낫을 땅에 던지며 말하였다.

"일찍이 선생님께서는 '이전에 제齊 경공景公이 사냥터에 나가 새 깃털이 꽂힌 깃발로 사냥터 관리인을 부르자 관리인이 부름에 응하지 않았다. 그래서 경공이 그를 죽이고자 하였으나 그 관리인은 죽음을 두려워하지 않았으니, 이는 그가 지사志士 나라와 민족을 위해 몸을 바쳐 일하려는 뜻을 가진 사람로서 절조節操 절개와 지조를 굳게 지켜 죽음을 두려워하지 않았기 때문이다. 용감한 사람은 의義를 보고 행하며, 죽음을 두려워하지 않는다.'라고 말씀하셨습니다. 그대가 지금 그 말을 하는 것은 나를 이해하지 못하기 때문입니까, 아니면 나를 시험하기 위함입니까?"

자로는 마음속으로 부끄러움을 느껴 나뭇단을 지고 먼저 돌아왔다. 돌아오는 자로를 보고 공자가 말하였다.

"이리 오너라. 중유야! 어째서 두 사람이 함께 나갔다가 너 혼자만 먼저 돌아오느냐?"

자로는 하는 수 없이 방금 있었던 일을 아뢰었다. 그러자 공자가 거문고를 타며 말하였다.

"중유는 진나라 사람의 부유함은 부러워하면서도 어째서 나의 학문과 덕을 세상에 널리 알리지 못한단 말인가."

—『한시외전韓詩外傳』 권2 第26장

55

군자는 펼쳐놓은 그물에 걸리는 일이 없어야 한다

한번은 공자가 제자들을 데리고 교외로 나갔다가 어떤 사람이 그물을 가지고 새를 잡는 모습을 보았다. 그들이 그 광경을 보려고 가까이 가보니, 그물 속에는 온통 주둥이가 누런 어린 새들뿐이었다. 공자는 매우 이상하다는 생각이 들어 새 잡는 사람에게 물었다.

"당신의 그물 속에는 어린 새들만 그득할 뿐, 어째서 다 자란 큰 새는 보이지 않습니까? 그 까닭이 무엇입니까?"

그러자 새 잡는 사람이 대답하였다.

"이치는 매우 간단합니다. 제 그물은 큰 새를 쫓아 날아가는 어린 새들을 잡는 것이니 당연히 어린 새들만 잡을 수 있을 밖에요."

공자는 대답을 듣고도 말 속의 오묘한 이치를 이해할 수가 없어서 새 잡는 사람에게 다시 한 번 분명하게 설명해줄 것을 청하였다. 그러자 새 잡는 사람이 말하였다.

"만약 큰 새가 앞에서 날고 어린 새가 그 뒤를 쫓아 날아가게 되면 큰 새는 그물을 피해갈 수 있기 때문에 어린 새들만 그물에 들어오게 됩니다. 이와는 반대로 만약 어린 새가 앞에서 날아간다면 작은 새는 높고 낮음을 분간하지 못하기 때문에 그물에 부딪힐 것이며, 그렇게 되면 당연히 큰 새들 역시 그물에 들어오게 될 것입니다."

공자는 그가 말한 이치를 듣고는 자신이 느끼는 바를 제자들에게 설명하였다.

"너희들도 잘 들어보아라. 이는 매우 간단하면서도 심오한 이치이다. 덕행을 갖춘 사람은 신중하게 자신이 발전할 가능성이 있는 방향을 선택해야만 한다. 만약 따라가서는 안 되는 사람을 따라가게 되면 펼쳐놓은 그물에 부딪히는 꼴이 될 것이다."

공자는 언제나 이와 같이 일상생활에서 쉽게 볼 수 있는 사례들을 들어 제자들을 가르쳤으며, 또한 그들에게 올바른 인생의 행로를 선택하여 여러 방면에서 재앙과 장애를 피할 것을 가르쳤다. 그는 제자들에게 자주 이렇게 말하곤 하였다.

"덕행을 갖춘 사람은 반드시 세 가지 일을 경계해야 한다. 젊었을 때에는 혈기가 아직 안정되지 않았기 때문에 여색을 탐하는 것을 경계해야 하고, 장년이 되었을 때에는 혈기가 매우 왕성하므로 자신을 잘 절제하여 싸우는 일을 좋아해서는 안 된다. 나이가 들어 늙게 되면 혈기가 쇠약해지므로 재물을 탐하지 않도록 주의해야 한다."

공자의 입장에서 보면 인생에는 많은 선택과 유혹이 늘 함께 하였다. 따라서 도덕이 있고 지혜가 있는 사람은 여러 가지 상황을 분별할 수 있는 능력을 갖추어 어떤 문제를 고려할 때 전체적으로 보아야 하며, 일을 할 때 역시 세 번을 생각한 후에 실행해야 한다고 여겼다. 그래서 그는 "참되고 착한 것을 보면 마치 따라가지 못할 것처럼 분투하여 추구해야 하며, 사악한 것을 보면 마치 손을 끓는 물에 집어넣었을 때처럼 빨리 피해야 한다."고 말하곤 하였다.

그는 또한 원대한 식견息肩이 있는 사람은 구체적인 일을 처리할 때, 반드시 아홉 가지 상황을 두루 생각해보아야 한다고 말했다. 즉, 볼 때에는 분명하게 보았는가를 생각해보아야 하고, 들을 때에는 분명하게 들었는가를 생각해보아야 하며, 다른 사람과 이야기를 나눌 때에는 자기의 얼굴색이 온화한 빛이었는가 아니었는가, 용모와 태도는 위엄이 있었는가 없었는가를 생각해보아야 하며, 일을 할 때에는 자기 자신이 엄숙하고도 진지했는가를 생각해 보아야 하고, 풀기 어려운 문제를 만났을 때에는 어떻게 다른 사람에게 분명하게 가르쳐야 하는가를 생각해야만 한다. 화가 났을 때에는 좋지 않은 결과를 가져오지는 않을까를 생각해보아야 하며, 얻을 수 있는 물건을 보게 되면 그것이 자기가 마땅히 얻어도 되는 물건인가를 생각해보아야 한다.

공자가 이와 같은 방법으로 가르친 이유는 언젠가는 제자들이 복잡하고도 다변하는 사회 속으로 뛰어 들어가야만 했기 때문이었다. 공자는 제자들이 사무를 처리할 때 여러 방면에서 먼저 충분히 고려하여 적합하고도 구체적으로 처리할 수 있어야만 높고 낮음을 분간할 줄 모르는 새처럼 그물에 부딪혀 걸리는 일을 피할 수 있다고 생각하였다.

—『논어論語 · 계씨季氏』, 『설원說苑 · 경신敬愼』

56

살짝 언 얼음 위를 걷듯 행동하라

주 천자의 태묘 앞 오른쪽 머리 계단 아래에는 동으로 주조한 사람 모양의 동상 하나가 서 있는데, 사람들은 이것을 가리켜 '세 번 입을 봉한 금인'이라고 불렀다. 동상의 입은 상징적인 것으로 세 줄로 봉해져 있는데, 이는 사람이 말할 때 신중해야 하며, 제멋대로 말이 나오는 대로 해서는 안 됨을 의미하는 것이다.

공자가 주나라 수도인 낙읍洛邑에 이르러 이 동인상의 뒷면에 새겨져 있는 명문을 자세히 읽어보았다. 그 명문의 의미는 다음과 같았다. '동상을 만든 이는 현인으로, 말을 할 때에는 반드시 신중해야 함을 기억해야 한다. 때때로 사람의 입은 화를 불러오기 때문이다.'

공자는 명문을 다 읽고 나서 고개를 돌려 자신을 따라온 제자에게 말하였다.

"기억하거라. 이 금인의 등 뒤에 새겨져 있는 명문은 비록 평이하고 이해하기 쉽지만, 말의 중요성을 말해주고 있다. 『시경詩經』에 '전전긍긍하여 마치 깊은 연못에 임하듯이 하며, 살짝 언 얼음 위를 걷듯이 하라.'라는 말이 있다. 시에서 말한 것처럼 이를 실천할 수만 있다면 나는 말로 인해 화를 불러일으키는 일은 없을 것이라고 생각한다."

공자는 상당히 신중한 사람이었기 때문에 말을 할 때에는 언제나 신중할 것을 강조하였다. 제자들의 기록에 의하면, 공자가 조정의 문을 들어설 때는 공경하고 삼가함이 마치 몸 둘 곳이 없는 것처럼 겸손하게 행동하였으며, 서 있을 때도 문의 중간에 서지 않았으며, 걸을 때는 굳고 엄숙한 표정으로 걸음걸이를 재촉하였으며, 말을 할 때는 마치 기운이 부족한 것처럼 하였다. 그리고 당상을 걸어갈 때는 옷을 걷어 올려 대단히 조심스럽게 행동하며, 마치 숨을 쉬지 않는 듯 신중하게 처신하였다. 그가 걸어나올 때는 들어갈 때의 표정과 달리 계단을 하나씩 내려올 때마다 편안한 마음으로 즐거운 표정을 지어보였다. 계단을 다 내려와서는 빠르게 걷는데, 그 모습이 마치 새가 날개를 편 모습과도 같았다.

공자의 태도에 대한 제자들의 묘사가 정말로 대단히 생동적이라고 하겠다.

— 『설원說苑 · 경신敬愼』, 『논어論語 · 향당鄕黨』

57

공자가 인仁을 말하다

안연이 인에 대해서 묻자 공자가 말하였다.

“자신의 욕망을 억제하고 말과 행동을 예의에 맞게 하는 것이 바로 인이다. 만일 이렇게 한다면 천하의 사람들이 모두 너를 어진 사람이라고 칭찬할 것이다. 인을 행하고 안 하고는 모두 자신에게 달려있는 것이지, 다른 사람에게 달려있는 것이 아니다.”

안연이 말하였다.

“인을 행할 때 구체적으로 실천해야 하는 예는 무엇입니까?”

공자가 말하였다.

"예에 맞지 않는 일은 보지 않으며, 예에 맞지 않는 일은 듣지 않으며, 예에 맞지 않는 말은 하지 않으며, 예에 맞지 않는 일은 하지 않는다."

중궁仲弓이 인에 대해 묻자, 공자가 말하였다.

"집을 나서서 일을 할 때에는 마치 외부에서 온 귀한 손님을 접대하듯이 하고, 백성을 부릴 때에는 마치 큰 제사를 담당하듯이 하여 엄숙하고 진지하고 조심스럽게 해야 한다. 자신이 좋아하지 않는 것을 억지로 다른 사람에게 시켜서는 안 된다. 일을 할 때에도 일에 대해 원망의 말이 없어야 하며, 또한 설사 집에 할 일이 많다 하더라도 원망이 없어야 한다."

중궁이 말하였다.

"제가 비록 어리석지만 선생님께서 말씀하신 대로 실행하고자 합니다."

사마우司馬牛가 인이 무엇인지를 묻자, 공자가 답하였다.

"어진 사람은 말을 할 때 느린 어조로 가만가만 말을 한다."

사마우가 다시 물어보았다.

"말을 할 때 느린 어조로 가만가만 하는 것이 바로 인이라고 하는 것입니까?"

공자가 말하였다.

“이는, 말하기는 쉬우나 행하기는 쉽지 않다. 말을 할 때 느린 어조로 가만가만히 할 수 있겠느냐?”

—『논어論語 · 안연편顔淵篇』

58

도덕을 수양하고 시비를 분별하는 방법을 말하다

개인의 인격 수양에 대한 부단한 노력은 유가 문화의 특징 가운데 하나이다. 때문에 어떻게 도덕 수양을 잘 하느냐 하는 것은 공자와 그 제자들이 자주 나누었던 토론의 주제였다.

한번은 자장子張이 어떻게 해야만 도덕 수양을 높이고 시비를 분별할 수 있는지에 대해 공자에게 가르침을 청하였다. 공자가 말하였다.

"충신忠信으로 행동의 종지宗旨, 근본이 되는 중요한 뜻를 삼고 의義에 복종해야만 도덕적 수양을 쌓을 수 있다. 만약 한 사람이 어떤 사람을 좋아하게 되면 그가 장수하고 죽지 않기를 바라지만, 그가 미워지기 시작하면 즉시 단명하기를 바란다. 이것이 바로 시비를 분별하지 못하는 것이다."

동일한 문제에 대한 공자의 대답은 제자에 따라 달랐다. 한번은 공자의 또 다른 제자 번지樊遲가 그를 따라 두루 돌아다니다가 노나라에서 하늘에 비를 바라며 제사를 지내는 제단 앞에 이르게 되었다. 번지가 공자에게 물었다.

"선생님, 어떻게 해야만 자신의 도덕 수양을 높이며 잘못을 고치고 시비를 분별할 수 있습니까?"

공자는 감탄하는 어조로 대답하였다.

"대단히 훌륭한 질문이다. 일을 할 때는 자신이 앞장서서 먼저하고 누릴 것은 뒤로 미루어 생각하지 않으면 자신의 인격을 높일 수 있다. 늘 자신의 잘못을 살피며 다른 사람의 잘못을 질책하지 않는 것이 바로 잘못을 고치는 것이 아니고 무엇이겠느냐! 만약 일시적인 화를 참지 못하여 생명의 안위를 잊어버리고서 충동적으로 일을 처리한다면, 자신을 해롭게 할 뿐만 아니라 집안사람들까지도 연루되게 하는 것이니, 이것은 너무 어리석은 짓이다. 따라서 어떻게 시비를 분별하는 것에 대해 이야기를 할 수 있겠느냐?"

—『논어論語 · 안연顔淵』

공자께서 말씀하셨다.

“배우는 것만큼 큰 기쁨을 주는 것은 없다.”

孔子

孔子

학문의 도

59

사학을 일으켜 차별 없는 교육을 하다

중국의 하대夏代, BC 2070~BC 1600에 이미 학교가 있었으며 서주西周시대에는 국학國學과 향학鄕學이 있었다. 황제가 머무는 경성과 제후국의 도성에 설치된 학교를 국학이라고 불렀으며, 국학에는 귀족의 자제들이 다녔다. 그리고 각 지방에는 향학이 있었는데 일반적인 귀족의 자제들이 다녔다.

교육 제도는 당시 소학小學과 대학大學으로 구별하였으며, 소학에서는 글, 종교, 제사에 관한 지식, 그리고 전쟁을 하는 기술과 방법 등을 가르쳤다. 대학에서는 일반적인 지식 이외에도 수신修身, 제가齊家, 치국治國, 평천하平天下의 방법을 교육하였다. 황제가 머무는 경성에 설치된 대학을 "벽옹辟雍"이라고 불렀으며, 제후국의 읍성에 설치된 대학은 "반궁泮宮"이라고 불렀다.

당시의 학교는 모두 국가가 관리하였으며, 교육받을 권리는 귀족 자제들에게만 주어졌다. 귀족 자제들은 여덟 살이 되면 소학에 입학하고 열 다섯이 되어야 대학에 입학할 수 있었다. 소학은 7년, 대학은 9년을 수학하였다.

그러므로 이들의 학업은 서른 살이 되어야 비로소 끝이 났으며, 이후 국가의 정치에 참여할 수 있는 자격이 주어졌다.

춘추시대春秋時代, BC 770~BC 403, 왕실이 힘을 잃고 제후들의 세력이 커지자, 관학官學은 점차 사학私學에 의해 그 역할이 대체되기 시작하였으며, 이 과정에서 공자가 일으킨 사학이야말로 당시 상황을 대표하는 전형적인 예라고 하겠다.

공자가 가장 먼저 한 일은 귀족이 관리하던 문화 교육을 일반 사람들에게 보급하는 일이었다. 그가 주장한 교육의 원칙 가운데 하나는 누구에게나 차별 없이 교육받을 기회를 주는 것이었다. 그래서 공자는 이런 말을 하였다.

"누구를 막론하고 마른 고기 열 다섯 묶음을 가지고 와서 배움을 청하는 사람에게 가르침을 주지 않은 적이 없다."

이처럼 공자는 차별 없이 제자들을 가르치기 시작하였고, 마침내 삼천여 명의 제자들이 그를 따랐다. 그중에서도 학업이 가장 우수한 제자가 72명이 있었는데, 이들은 귀족에서 평민까지 그 계층이 다양했다. 예를 들어, 남궁경숙南宮敬淑은 노나라의 귀족이었는데 반해, 자로子路는 시골에 사는 건달이었다. 또 위衛나라 사람 증삼曾參은 생활이 궁핍하여 얼굴색은 누르스름하게 뜨고 너덜너덜 다 헤진 옷을 입을 만큼 가난한 사람이었다.

당시 어떤 사람이 공자가 이처럼 각계각층의 제자들을 모아 가르치는 것을 이해할 수 없어 공자의 제자인 자공子貢에게 물었다.

"당신 선생님이 가르치는 사람들은 너무 잡다하지 않소."

그러자 자공이 대답하였다.

"품행이 단정한 군자는 모든 선비를 평등하게 대하는 법입니다. 마치 의술이 뛰어난 의사가 모든 병자를 한결같이 대하는 것과 같은 것이지요. 그러니 배움을 청하러 오는 자들을 어떻게 막을 수가 있겠습니까?"

—『논어論語 · 술이述而』

60

여량산의 사내가 격류를 건넌다

여량산呂梁山은 지금의 산서성 서쪽에 위치한 산으로, 춘추시대에 공자가 이곳을 지나다가 부근에 있던 폭포를 유람하게 되었다. 폭포의 높이는 사십 길이나 되었는데, 한 길은 보통 여덟 척이니 모두 삼백이십 척이나 되는 셈이었다. 이 때문에 쏟아지는 물줄기의 기세는 대단히 무서웠다. 폭포는 벼랑에서 떨어진 후, 다시 굽이굽이 돌아 소용돌이를 치면서 세차게 흐르기 때문에, 구십 리 안에서는 물고기나 자라 등도 쉽게 헤엄쳐 다니지 못하였다.

공자가 제자들과 함께 삼백 척 아래로 떨어지는 폭포의 장관을 구경하고 있을 때, 건장한 한 사내가 맞은편에서 물속을 헤엄쳐 공자와 그 제자들이 있는 곳으로 건너오려고 하였다. 공자는 이상히 여겨 급히 제자에게 큰 소리로 사내에게 말하도록 하였다.

"이 폭포는 사십 길 높이의 벼랑 끝에서 떨어져 내릴 뿐만 아니라 급류가

구십 리나 굽이쳐 흐르기 때문에, 물고기나 자라조차도 감히 이곳을 쉽게 헤엄치지 못한다고 합니다. 저의 선생님께서 당신이 헤엄쳐 건너오기 어려우니, 목숨을 걸고 모험을 하지 말라고 하십니다."

사내는 이 말을 듣고도 전혀 개의치 않고 물속에 들어간 다음 공자가 있는 쪽을 향해 헤엄쳐 건너오기 시작하였다. 잠시 후, 그는 큰 물줄기를 건너 공자가 있는 물가에 이르렀다. 공자는 그가 물 위로 올라오기를 기다렸다가 물었다.

"이러한 물에서 헤엄칠 수 있는 무슨 특별한 재주라도 당신에게 있는 것이오? 아니면 물을 피하는 무슨 도술이라도 있소? 이런 격류를 헤엄쳐 건넌다는 것은 정말 보통 사람으로서는 상상하기 힘든 일이오. 당신에게는 반드시 다른 사람들이 알지 못하는 어떤 방법이 있을 것이오."

그 말에 사내는 차분하게 대답하였다.

"저는 물속에 들어갈 때 마음속으로 제가 물속에 빠지지 않을 것을 믿을 뿐만 아니라, 물 역시 쉽게 저의 생명을 빼앗지 않을 것을 믿습니다. 이처럼 의지를 굳게 하고 마음속에 사사로운 생각을 멀리하면, 이런 물도 단숨에 헤엄쳐 건널 수 있습니다."

공자는 이 말을 듣고 고개를 돌려 제자들에게 말하였다.

"잘 들었느냐? 물마저도 성실과 믿음으로 가까이 할 수 있는데, 하물며 사람은 더 말할 것이 있겠느냐?"

―『설원說苑 · 잡언雜言』

61

자로가 장검무長劍舞를 추다

공자의 제자 자로子路는 제자 중 무예가 가장 뛰어났던 인물이었다. 그는 야인이었고, 당시 야인은 농촌 건달을 가리키는 말이었다.

공자에게 있어 교육의 최대 원칙은 누구에게나 차별 없이 교육의 기회를 주는 일이었다. 어느 누구를 막론하고 배움을 청하는 이들에게 공자는 배움의 기회를 주었기 때문에 자로와 같은 야인도 기꺼이 제자로 받아들였다. 후에 자로는 공자의 제자 중 학업이 가장 우수한 72명의 현인에 속하게 되었다.

처음 공자를 찾아와 배움을 청하였을 때 자로는 사납고 난폭한 모습을 감추지 못하였다. 그는 모자에 닭 깃털을 꽂고 목에는 산돼지 이빨을 걸고 허리에는 장검까지 차고 있어 완전히 부랑자 같은 모습이었다.

공자가 자로에게 물었다.

"취미가 무엇인가?"

자로가 의기양양하게 대답하였다.

"제 취미는 장검을 가지고 노는 것입니다."

자로는 말이 끝나자마자 보란 듯이 칼을 뽑아 들고 바람을 일으키며 한바탕 휘둘러 댔다. 공자는 칼춤이 끝나기를 기다렸다가 다시 물었다.

"내가 물은 것은 그런 것이 아니라, 그저 그대의 근기根基 근본, 사물의 밑바탕가 어떠한지 알고자 한 것이다. 근기를 알아야 그대에게 맞는 교육을 시키지 않겠는가? 그대의 칼 쓰는 실력은 이미 상당한 수준에 이르렀다."

자로는 공자의 말에 개의치 않고 되받아 물었다.

"지식과 학문을 갖춘 데다가, 동시에 검劍을 사용해 자신을 방어할 수 있는 사람이 있습니까?"

공자가 말하였다.

"덕과 학문을 갖춘 군자는 본성이 성실하기 때문에 인의仁義가 바로 자신을 보호하는 가장 훌륭한 무기다. 집밖을 나서지 않아도 천하의 대사大事를 알 수 있으며, 또한 좋지 않은 일을 당하여도 성실한 품성으로 문제를 현명하게 해결할 수 있다. 만일 어떤 사람이 힘으로 그를 누르려 하면, 인의로써 이를 막기 때문에 애당초 장검을 들어 자신을 방어 할 필요가 없다. 자로야!

덕을 갖춘 자가 가장 먼저 해야 할 일은 지식을 배우는 것이다."

자로가 다시 공자에게 물었다.

"지식을 배우면 어떤 좋은 점이 있습니까?"

공자는 자로의 태도가 처음보다 조금 공손해진 것을 보고 엄숙하게 말하였다.

"만일 임금에게 충언을 하는 신하가 없다면, 임금은 자신도 모르게 정도正道를 벗어나 국가의 대사를 그르치게 된다. 또한 제자에게 학문과 덕을 가르쳐줄 스승과 친구가 없다면 학문에 진보가 없는 법이다. 미친 듯이 달리는 말은 적당한 때에 고삐를 늦추어 주어야 한다. 그래야 활을 당겨 화살을 쏠 수 있는 법이다. 나무는 먹줄을 이용해 선을 곧게 긋고 다듬어야 비로소 쓸 수 있는 재목이 될 수 있다. 마찬가지로 사람도 다른 사람의 충고와 지식을 받아들여야만 발전할 수 있고 성인에 이를 수 있다. 그러므로 도덕군자는 끊임없이 배우지 않으면 안 된다."

자로는 방금 자신의 거친 행동이 부끄럽기는 했지만, 여전히 트집을 잡아 공자에게 물었다.

"선생님, 남산南山 위에 있는 대나무는 다듬지 않아도 곧기 때문에 그것을 베어 무기로 삼으면 코뿔소 가죽이라도 꿰뚫을 수 있습니다. 대나무는 목공이 다듬지 않아도 쓸모 있는 재목이 됩니다. 저는 사람도 대나무와 같아서 배울 필요가 없다고 생각합니다."

공자는 자로의 비유가 재미있어 미소를 지으며 말하였다.

"만일 우리가 남산의 대나무를 잘 다듬어 새의 깃털을 붙인 후 예리한 석촉을 붙여 쏜다면, 더 정확하고 멀리 나아가지 않겠느냐?"

자로는 더 이상 할 말을 잃어 공손하게 고개 숙여 예를 올리며 말하였다.

"저는 이후로 선생님을 모시고 배움을 청하고자 하오니, 선생님께서 지도해주셨으면 합니다."

자로는 순박한 사람이었다. 그 후 그는 공자를 모시는 가장 착실한 제자가 되었고, 그의 무예와 용감함에 눌려 어느 누구도 공자 앞에서 무례하게 행동하지 못하였다.

—『사기史記 · 중니제자열전仲尼弟子列傳』, 『설원說苑 · 건목建木』

62

한음 땅 노인이 자공을 비웃다

자공이 남쪽 초나라에 이르렀다가 다시 진晉나라로 돌아가려고 할 때의 일이다. 그가 한음漢陰 땅을 지나갈 때, 한 노인이 채소밭에서 일을 하고 있었다. 노인은 우물가까지 고랑을 판 후, 바가지로 물을 퍼서 채소밭에 물을 대고 있었는데, 아무리 힘을 들여 물을 퍼도 별다른 효과가 나타나지 않았다. 그래서 옆에서 지켜보고 있던 자공이 노인에게 말하였다.

"제가 기계를 하나 알고 있는데, 그 기계는 하루에 백 이랑의 논에 물을 댈 수가 있습니다. 힘은 적게 쓰지만 커다란 효과를 낼 수 있습니다. 한번 사용해보시지 않겠습니까?"

채소밭에 물을 대고 있던 노인이 고개를 들어 자공을 쳐다보며 말하였다.

"그게 뭐 어떻다는 것이오?"

자공이 대답하였다.

“나무를 깎아 그 기계를 만드는데, 처음에는 가벼우나 뒤로 갈수록 무겁습니다. 물을 퍼내는 것이 마치 물을 뽑아내는 듯하고 속도가 빨라 물이 끓어오르듯 넘쳐흐르는데, 그 기계의 이름은 길고桔槔물틀라고 합니다.”

노인은 얼굴에 노기를 띠고 냉소적으로 말하였다.

“내 선생님께 들은 적이 있는데, 기계를 만드는 데 반드시 기계를 만드는 도리가 있다고 하였소. 또한 이러한 도리가 있다는 것은 반드시 규칙이 있다는 것을 의미한다고 말씀하셨소. 만일 마음속에 이미 어떤 규칙이 존재한다면 순결과 공명을 유지할 수 없으며, 마음속에 순결과 공명을 보존할 방법이 없으면 마음과 정신이 안정되지 않는 법이오. 따라서 마음과 정신이 안정되지 않으면 도道를 담을 수 없기에, 실제로 그 기계를 모르는 바는 아니지만 만들 수가 없소.”

자공은 부끄러움에 얼굴이 온통 붉어져 고개를 숙이고 아무 말도 하지 못하였다. 잠시 시간이 흐른 뒤, 노인이 물었다.

“당신은 무엇을 하는 사람이오?”

자공이 대답하였다.

"저는 공자의 제자입니다."

노인이 말하였다.

"당신이 바로 박학博學하다는 것으로 성인을 모방하고, 허풍과 자랑으로 군중 위에 군림하면서 자화자찬自畵自讚으로 천하의 명성을 얻고자 하는 사람이 아니오? 정신이 텅 비어있고 육신이 방황하는 것을 보니, 당신은 도道에 근접해 있는 것 같구려. 당신은 자신조차 다스리지 못하면서, 어떻게 천하를 다스릴 수 있겠소! 어서 가시오, 더 이상 내가 하는 일을 방해 하지 말고."

자공은 부끄러움이 극에 달해, 얼굴은 온통 흙빛으로 변하는가 하면, 가슴은 답답하여 삼십 리를 줄행랑친 후에야 마음이 조금 안정되었다. 자공의 제자가 물었다.

"방금 그 사람은 누구입니까? 선생님께서는 어째서 그를 보고 얼굴색이 변하여 표정이 굳어 계시는 것입니까?"

자공이 말하였다.

"본래 나는 천하에 총명한 사람은 선생님 한 분뿐일 줄 알았는데, 이런 분이 있을 줄은 몰랐다. 선생님께 들은 바로는, 일을 구하여 행할 수 있고, 공적을 구하여 이룰 수 있으며, 적은 힘을 써서 큰 효과를 보는 것이 성인의

도道였다. 그런데 지금 만난 노인의 생각은 선생님의 말씀과는 다른 것 같구나. 도의道義를 아는 사람은 덕행을 갖추게 되고, 덕행을 갖춘 사람은 육신이 강해진다. 육신이 건강한 사람은 정신이 충만하니, 정신이 충만하다는 것은 바로 성인의 도道를 의미하는 것이다. 비록 몸을 인간 세상에 의탁하고 살아갈지라도 유유자적하여 이르지 않는 곳이 없고 공명과 이익을 전혀 마음에 두지 않으니, 이와 같은 사람은 하려고 하는 바람도 가지지 않는다. 설사 세상 사람들이 칭찬한다고 해도 이에 흔들리지 않고 다만 자신의 생각만을 꿋꿋하게 밀고 나가며, 또 비방을 받아도 마음에 두지 않고 무시해버린다. 이처럼 세상의 비난과 칭찬도 그에게 아무런 영향을 주지 못하니, 이러한 사람을 일러 온전히 덕을 갖춘 사람이라고 할 수 있을 것이다. 그런데 나는 그에 비하면 그저 중심을 잡지 못하고 이리저리 흔들리는 사람에 불과하구나."

자공이 노나라로 돌아와 이 일을 공자에게 아뢰었다. 공자가 말하였다.

"그 노인은 혼돈混沌, 천지가 개벽하기 전에 원기가 아직 나뉘지 않고 한데 엉켜있는 상태의 도술을 수련한 사람으로 마음의 순일純一다른 것이 섞이지 않고 순수함을 지켜 마음과 정신이 하나가 된 까닭에 마음을 수련함에 있어 서로 밖에서 구하지 않고 안에서 구한다. 이처럼 순결하면서도 몸에 신神을 품고 세속에서 노니는 사람을 만났으니, 네가 당연히 놀랄만하다. 더구나 혼돈씨混沌氏의 도술을 너와 내가 어떻게 알 수 있겠느냐?"

—『장자莊子 · 외편外篇, 천지天地』

63

늙은 어부가 행단에서 도를 말하다

공자가 치유緇帷, 나무가 무성한 숲에 놀러나갔다가 행단杏壇, 학문을 닦는 곳. 공자가 학문을 가르쳤다는 은행나무 단에서 유래에 앉아 쉬었다. 제자들은 책을 읽고 공자는 노래를 부르면서 거문고를 탔다. 곡을 반쯤 탔을 때, 한 어부가 배를 저으며 오는 모습이 보였다. 그는 새하얀 수염과 눈썹에 머리를 풀어헤치고, 소매를 휘날리며 배에서 내려 언덕을 거슬러 올라와 왼손으로 무릎을 누르고 오른손으로는 아래턱을 괴고서 노래를 불렀다. 한 곡이 다 끝나자 어부는 자공과 자로에게 아는 체를 하였고, 두 사람에게 공자를 가리키며 누구인지 물었다.

자로가 대답하였다.

"저분은 노나라의 군자이십니다."

이번에는 어부가 공자의 성씨를 물었고, 자로가 대답하였다.

"공씨이옵니다."

어부는 또 물었다.

"공씨는 무엇을 깊이 연구하고 계십니까?"

이 말에 자로가 아무 대답도 하지 않자 자공이 대답하였다.

"저분은 성격이 돈후하고 믿음을 굳게 지키며, 인의를 실행하고 예악을 다스리며, 사람의 재능과 지위에 서열을 정하고, 위로는 임금에게 충성을 다하고, 아래로는 백성들에게 돈독히 하여 천하를 이롭게 하십니다. 이것이 바로 공씨가 연구하시는 것입니다."

어부가 다시 물었다.

"그렇다면 토지를 소유하고 있는 군주이십니까?"

자공이 말하였다.

"아닙니다."

어부가 물었다.

"후왕候王을 보좌하십니까?"

자공이 대답하였다.

"아닙니다."

그러자 어부가 크게 웃으면서 몸을 돌려 걸어가며 말하였다.

"인을 인이라고 생각하면서 아마도 자신의 재난을 구제할 수 없는 모양이구먼. 몸과 마음을 힘들게 하면서도 생명의 근원을 해롭게 하다니. 아! 도에서 너무 많이 멀어져 버렸네!"

자공이 돌아와서 이 일을 공자에게 말하였다. 공자는 거문고를 한 곳으로 치우고 몸을 일으키며 말하였다.

"설마 그분이 성인은 아닐 테지?"

공자는 해안으로 걸어가 어부를 찾았다. 해안가에 도착했을 때, 어부는 노를 저어 배를 나아가려 하다가 고개를 돌려 공자를 발견하고는 몸을 돌려 공자를 바라보고 섰다. 공자는 뒤로 몇 걸음을 물러나서는 두 번 절하고 앞으로 걸어갔다.

어부가 물었다.

"무슨 일이 있습니까?"

공자가 말하였다.

"방금 선생께서 하고 싶은 말씀을 다 하지 않으신 듯한데, 제가 어리석어 선생이 하신 말씀을 이해할 수 없습니다. 감히 이렇게 고명하시고 지혜로운 말씀을 제게 들려주시길 청합니다."

어부가 말하였다.

"아! 그대는 정말 배우는 것을 대단히 좋아하는구려."

공자는 다시 절을 하고는 몸을 일으키면서 말하였다.

"저는 어려서부터 배우기를 시작하였는데, 나이가 예순아홉이 되었어도 아직까지 큰 도리를 듣지 못하였으니 어찌 감히 마음을 비우지 아니하겠습니까!"

어부가 말하였다.

"대저 동류同類는 반드시 서로 모이며, 소리가 같은 것은 서로 호응하는데, 이것은 자연의 도리입니다. 나 역시 내가 아는 것을 알려주어 그대에게 도움이 되길 원하는 바입니다. 그대가 종사하는 일은 사람에 관한 일입니다.

천자 · 제후 · 대부 · 서민 등 이 네 종류의 사람이 만약 각각 자신의 본분을 다할 수 있다면, 이것은 도를 다스리는 완성입니다. 그렇기 때문에 만약, 이 네 종류의 사람이 각자의 위치를 떠나게 되면, 심한 혼란이 생기게 됩니다. 관리가 각자 자신의 직책을 맡아 수행하고 사람들이 각자 자신이 해야 할 일을 행하게 되면, 서로 침범하지 않을 것입니다. 그러므로 서민이 우려하는 것은 논밭이 황폐해지고 집이 무너져 구멍이 나며, 입고 먹을 것이 부족하고 세금을 제때 다 내지 못하며, 처와 첩이 서로 화목하지 않고 어른과 아이 사이에 질서가 없게 되는 것입니다.

관청의 일을 잘 처리하지 못하고 행동이 분명하지 않아 아랫사람이 나태하고 또한 소홀해 내세울 만한 공적이 없어 작위와 녹봉을 보존하지 못하게 될까 두려워하는 것이 대부의 걱정거리입니다.

조정에 충신이 없어 나라가 혼란해지고 문화가 뒤떨어지며, 공물이 부족해, 봄과 가을 군왕을 알현하는 때를 놓치게 됨으로써 일에 질서가 무너져 천자의 뜻을 따르지 못하게 될까 두려워하는 것이 제후의 걱정거리입니다.

음양이 조화를 이루지 못해, 추위와 더위가 순조롭지 않고 만물이 다치며, 제후들이 어지럽게 제멋대로 서로 공격하고 백성들을 해치며, 예악이 무너져 절도가 없고 재물이 곤궁하며, 인륜이 바로서지 못해 백성들이 음란하게 되는 것은 천자의 걱정거리입니다.

지금 그대는 위로 임금이나 재상을 대신하여 정치를 장악할 수 있는 권세도 없고 아래로 대신을 위해 사무를 볼 수 있는 관직조차 없으면서 오히려 제멋대로 예악을 다스리고 사람의 재능과 지위를 따져 백성들을 교화하려고 하는데, 이는 쓸데없는 일을 하고 있는 것이 아닙니까!

더구나 사람들에게는 여덟 가지의 약점이 있으며, 일에는 네 가지 재난이 있으니, 이를 분명하게 관찰하지 않으면 안 됩니다. 자신이 마땅히 해야 할 일을 하지 않는 것을 '총總'이라 하고, 다른 사람이 이해하지 못하는 것을 작은 소리로 진언하는 것을 '녕佞'이라 하며, 다른 사람의 뜻에 영합하여 말을 이끌어내는 것을 '첨諂'이라 하고, 시비를 가리지 않고서 말을 하는 것을 '유諛'라 하고, 다른 사람을 비난하기를 좋아하는 것을 '참讒'이라 하고, 친구를 이간하는 것을 '적賊'이라 하고, 거짓으로 칭찬하면서 다른 사람을 비방하는 것을 '이慝'라고 하고, 선악을 분별하지 않고 양자를 쉽게 마음에 맞게 하지만 다른 사람이 필요로 하는 것을 몰래 훔치는 것을 '험險'이라 합니다. 이 여덟 가지 약점은 밖으로는 다른 사람을 혼란스럽게 하고 안으로는 자신을 해치기 때문에 임금은 그와 친구가 되길 원하지 않으며 명군은 그를 신하로 삼지 않는 것입니다.

큰일을 처리하는 것을 좋아하고 상리常理 보통의 도리, 당연한 이치와 상정常情 누구나 가지고 있는 보통의 인정을 바꾸어 공명을 도모하는 것을 '도叨'라고 하고, 자신의 총명을 믿고서 마음대로 일을 처리하며 다른 사람을 침범하여 사심을 가지고 자신이 사용하는 것을 '탐貪'이라 하고, 과실을 보고도 고치지 않고 다른 사람이 권하는 말을 들으면 격하게 화내는 것을 '흔很'이라 하고, 다른 사람의 의견이 자신과 같으면 괜찮지만 자기와 다르면 상대방의 의견이 아무리 좋다 하더라도 좋지 않다고 생각하는 것을 '긍矜'이라 합니다. 이것이 바로 네 가지 재난입니다. 여덟 가지 약점을 제거할 수 있고 네 가지 재난을 만들지 않아야만 비로소 가르침을 받을 수 있는 것입니다.

—『장자莊子 · 잡편雜篇 · 어부漁父』

64

네 명의 제자들이 공자를 모시고 앉아 자신들의 뜻을 말하다

하루는 자로子路 · 증석曾晳 · 염구冉求 · 공서화公西華 등 네 사람이 공자와 함께 한가롭게 앉아 있는데, 공자가 그들에게 물었다.

"내가 너희들보다 나이도 많고 늙었으며, 국가에 중용되지도 못했을 뿐 아니라 아무도 나를 쓰고자 하지 않는다. 너희들이 평상시에 '사람들이 나를 이해하지 못하는구나! 인재가 쓸모없는 곳이로다!'라고 말하는데, 만일 누군가 너희를 이해해주고 중용하고자 한다면, 너희들은 어떻게 하겠느냐?"

자로가 경솔하게 먼저 나서서 대답하였다.

"천 대의 수레를 가진 나라가 큰 나라 사이에 있기란 매우 어려운 일입니다. 마치 판자 틈에 끼인 듯, 밖으로는 적군이 침범하고 안으로는 항상 기근이 들어 양식이 부족할 것이기 때문입니다. 만일 그런 나라를 다스리게 된다면 채 삼 년도 안 걸려 사람들에게 용기를 심어주고 큰 이치를 깨닫게 할 수 있습니다."

이 대답에 공자는 미소를 지으며 아무런 말도 하지 않았다.
잠시 후, 염구에게 물었다.

"염구야, 너는 어떠하냐?"

염구가 즉시 대답하였다.

"나라가 사방 육칠십 리, 혹은 오륙십 리의 소국을 다스린다면 삼 년이 채 못 되어 그곳 물산을 풍부하게 하고 사람들을 평안하게 할 수 있습니다. 예와 악을 닦아 밝힌다면, 그것이 현인군자가 아니겠습니까?"

이번에는 공서화에게 물었다.

"공서화야! 너는 어떠하냐?"

공서화가 대답하였다.

"선생님께서는 이미 제 재능이 높다고 말씀하지 않으셨습니까? 저는 말씀하신 것처럼 배우기를 원합니다. 제사를 지내거나 다른 나라와 외교할 때 예복을 입고 예모를 쓰는 볼품없는 작은 벼슬이나 맡아보았으면 합니다."

이번에는 증석에게 물었다.

"증석아! 너는 어떠하냐?"

이때 증석은 비파를 타고 있다가 공자의 물음에 비파를 내려놓으며 대답하였다.

"저의 생각은 저 세 사람과 다릅니다."

이에 공자가 다시 물었다.

"그들과 무슨 관계가 있느냐? 각자 자신의 뜻과 포부를 이야기하면 되는 것을."

증석이 대답하였다.

"늦은 봄 삼월에 모든 사람들이 봄옷으로 갈아입으면, 저는 오륙 명의 청년과 육칠 명의 아이들을 데리고 기수沂水 가에 가서 목욕을 하고, 무대舞雩臺 위에 올라가 시원한 바람을 쐰 후 노래를 부르며 돌아오겠습니다."

이에 공자가 크게 감탄하며 말하였다.

"나는 증석의 생각이 참으로 부럽구나!"

자로 · 염구 · 공서화 세 사람이 먼저 물러 나오고 증석만이 뒤에 남아 공자에게 세 사람에 대한 생각을 물었다.

"선생님, 저 세 사람의 말이 어떻습니까?"

공자가 대답하였다.

"다만 자신들의 뜻을 말했을 뿐이다."

증석이 다시 물었다.

"선생님께서는 어째서 중유仲由, 자로의 본명 한 사람에게만 미소를 지으셨습니까?"

공자가 대답하였다.

"나라를 다스림에 있어 마땅히 예의와 사양을 중시해야 하는데, 방금 전 중유의 말에는 조금도 겸허함이 보이지 않았다. 그래서 웃은 것이다."

증석은 이어서 또 물었다.

"염구가 말한 것을 나라라고 할 수 있습니까?"

공자가 대답하였다.

"어떻게 사방 육칠십 리나 오륙십 리의 땅을 나라로 볼 수 있단 말이냐?"

이어서 증석이 다시 물었다.

"그러면 공서화가 말한 것도 나라가 아니란 말씀이십니까?"

공자가 대답하였다.

"나라에 종묘가 있고 외교를 담당하는 부서가 있다면 나라가 아니고 무엇이겠느냐? 내가 웃은 것은 중유 때문이지 그가 나라를 다스리지 못할 것 같아 웃은 것이 아니다. 중요한 것은 나라냐 나라가 아니냐가 아니라, 말의 내용과 태도에 있어 겸허함이 있느냐 없느냐이다. 예를 들어 공서화는 예의에 아주 밝은 사람인데, 만일 그가 작은 벼슬만 맡고자 한다면, 어느 누가 큰 벼슬을 맡는단 말이냐?"

—『논어論語, 선진편先進篇』

65

공자의 모습이 양호를 닮다

광匡은 위나라 변경에서 가까운 곳으로, 지리적 위치는 대략 오늘날 하남성 장원현長垣懸의 서남쪽이다. 광은 위나라와 진나라, 그리고 초나라와 접해 있는 접경 지역으로, 공자는 위나라에서 진나라로 가는 도중에 이곳을 지나게 되었다.

공자와 제자들이 광 땅에 도착했을 때 광에서 폭동이 일어났다. 이 때문에 광 사람들은 모든 길을 막고 지나는 사람을 조사하여 의심스런 사람을 잡아들였다. 광은 아주 보잘 것 없는 작은 변경지역으로, 방위 능력도 미약했다. 광을 지날 때 공자는 수레에 탄 사람, 걸어오는 사람 등 많은 사람을 이끌고 있었는데, 그 모습이 광 사람들 눈에는 의심스러워 보였다. 그래서 광 사람들은 경계심을 높이고 공자 일행을 주시하며 무슨 말을 하는지 유심히 살폈다. 그런데 운이 없게도 공자의 생김새가 노나라 정권을 잡고 있는 계손씨季孫氏의 가신인 양호陽虎의 모습과 너무나도 흡사하였다. 양호는 원래 음모와 술수에 능한 사람으로, 일찍이 계환자季桓子를 이용하여 노나라 계손씨의 집정권을 자기 손에 거머쥐려고 기도하였으며, 후에 이 일이 탄로 나자 노나라를 벗어나 진나라로 도망하여 조간자趙簡子의 수하가 되었던 인물이다. 또 위나라의 태자이지만 도망 중이었던 괴외蒯聵를 도와 임금의 자리를 빼앗으려는 책략을 꾸미기도 하였다. 그런데 공자가 마침 진나라에 도착했을 때에 양호가 사람들을 이끌고 광을 습격한 모양이었다. 그래서 광 사람들은 모두 양호에게 원한을 품고 있었다.

광 사람들이 수레 위에 앉아 있는 공자를 보고 양호가 아닌가 의심을 하고 있는 찰나, 공교롭게도 이전에 광에 와본 적이 있던 안각顔刻이 수레를 몰며 말채찍으로 한쪽 입구를 가리키며 이렇게 말하였다.

"이전에 이곳을 통해 수레를 몰고 성안으로 들어갔습니다."

광 사람들은 안각의 말을 듣고는 벌떼처럼 달려들어 공자의 무리를 에워쌌다. 양호 역시 그곳을 통해 광성匡城으로 들어갔던 모양인지, 사람들은 안각의 말에 수레 위에 앉아 있는 사람이 양호가 틀림없다고 확신한 듯했다. 광 사람들은 공자 무리를 에워싸고 닷새 동안 아무도 꼼짝하지 못하게 하였다.

한편, 걸음이 너무 느려 무리에서 뒤떨어졌던 안연안회의 별칭이 며칠 늦게 광성에 도착하여 공자를 만나게 되었다. 공자가 안연에게 말하였다.

"어째서 지금에야 오느냐? 나는 네가 이미 죽었다고 생각했다. 다시 못 보는 줄 알았구나."

안연이 대답하였다.

"선생님께서 살아 계신데, 제가 어찌 감히 먼저 죽을 수 있겠습니까?"

이때 광 사람들이 점차 포위를 좁혀왔고 동시에 무장한 군사들도 도착하였다. 이러한 상황에서 제자들은 모두 우왕좌왕하는데 공자는 조금의 동요도 없이 조용한 모습이었다. 그는 제자들을 위로하며 말하였다.

"주周 문왕文王이 세상을 떠난 후, 그가 제창한 치국의 도리가 우리의 배움을 통해 결국 우리 손에 보존되고 있지 않느냐? 만일 하늘이 이러한 지식을 모두 없애고자 하신다면, 우리가 아무리 조급해 하고 두려워해도 소용없는 일이다. 그러나 하늘이 이러한 지식을 없애고자 하지 않는다면 광 사람들이 우리를 어떻게 하겠느냐?"

이 말을 듣자 제자들은 조금씩 안정되어 갔다. 그러나 자로는 성질이 급해 노기를 띤 얼굴로 창을 들고 포위하고 있는 광 사람들과 목숨을 걸고 싸우고자 하였다. 공자가 급히 그를 제지하며 말하였다.

"너희들에게 지식과 예악을 제대로 가르치지 못한 것은 나의 잘못이다. 그러나 만일 나의 생김새가 양호와 같기 때문에 이곳을 벗어날 수 없다면, 이것은 나의 잘못이 아니다. 아! 나의 운명이 어찌 이와 같단 말인가!"

그러고는 공자는 평온하게 자로에게 말하였다.

"유야! 조급하게 굴지 말고 이리 오너라. 네가 한 곡조 불러 보아라. 내가 너를 위해 연주를 하겠다."

그리하여 자로는 노래를 부르고 공자는 연주를 시작하였다. 노래 세 곡을 연이어 들은 광 사람들은 비로소 의심을 풀고, 자신들이 포위한 사람이 양호가 아니라 노나라의 대학자인 공자라는 사실을 믿게 되었다. 무장한 사병과 광 사람들이 포위를 풀고 물러가자 공자는 비로소 길을 떠날 수 있었다.

—『사기史記 · 공자세가孔子世家』, 『논어論語 · 자한子罕』

66

생활을 근심 없게 하는 네 가지 원칙

안회顔回는 노나라 사람으로, 자字는 자연子淵이고, 안연顔淵이라고도 불리었다. 그는 공자보다 서른 살 정도 어렸으며, 체격은 아주 볼품이 없었다. 안연의 나이 스물아홉에 머리가 이미 하얗게 세었고 대략 서른한 살이나 두 살이 되었을 때 세상을 떠난 것으로 보인다. 공자는 그의 제자들 가운데 안연의 품덕이 가장 훌륭하다고 여겼다. 안연이 죽은 후 공자는 매우 상심하여 "아아! 하늘이 나의 명을 원하는구나! 하늘이 나의 명을 원하는구나!"라고 하면서 대성통곡하였다.

노나라 임금 애공이 공자에게 이렇게 물은 적이 있다.

"선생의 제자들 중 누가 가장 배우기는 것을 좋아합니까?"

이에 공자가 대답하였다.

"안회가 가장 배우기를 좋아합니다. 그는 지금까지 다른 사람에게 성낸 적이 없으며 똑같은 잘못을 두 번 저지른 적도 없습니다. 그러나 불행하게도 단명을 하였습니다. 안회처럼 배우기를 좋아하는 제자는 다시 없을 것입니다."

한번은 안회가 잠시 세상을 돌아보기 위해 떠나기 전 공자를 찾아가 인사를 하며 물었다.

"선생님, 집을 나간 후 밖에서 어떻게 행동해야 아무런 근심 없이 편안하게 생활할 수 있습니까?"

공자가 대답하였다.

"공손 · 공경 · 성실 · 신의, 이 네 가지 원칙을 지키면 근심 없이 편안히 지낼 수 있다. 태도가 공경스러우면 다른 사람의 총애를 받을 수 있고, 다른 사람에게 충실하면 사람들이 곧 너와 교제하기를 원할 것이며, 신의를 지키면 사람들이 일이 있을 때 너에게 의지하게 될 것이다. 많은 사람들의 총애를 얻게 되면 모두가 너와 교제하기를 원할 뿐만 아니라, 너를 신뢰할 만한 사람이라고 생각할 것이다. 그렇게 된다면 너는 생활 속에서 많은 환난을 피할 수가 있다. 이러한 경지에 이르게 되면 이미 국가를 다스릴 수도 있는 것이니, 근심 없이 편안하게 생활하는 일은 아무런 문제가 되지 않는다. 만약 자신의 내면적 수양에 힘쓰지 않고 단지 외적인 것에만 신경을 쓴다면 올바른 인생의 방향을 알지 못하게 되니, 먼저 두루 고려하지 않았는데 재앙이 닥쳐오면 서둘러 대책을 생각해보지만 그것은 이미 너무 늦어버린 일인 것이다."

안회는 공자의 말을 듣고 매우 즐거워하며 떠났다.

―『사기史記 · 중니제자열전仲尼弟子列傳』, 『설원說苑 · 경신敬愼』

67

조양자가 가는 풀줄기로 큰 종을 치다

조양자趙襄子는 조앙趙鞅의 아들로, 춘추시대 말기 진나라의 대부였으며 조무휼趙无恤이라고도 불리었다.

한번은 공자가 여러 나라를 돌아다니다가 진나라에 가려고 생각하였는데, 조앙이 두 명의 훌륭한 인재를 죽인 사건을 듣고 상심하여 진나라로 가지 않고 위나라로 돌아온 일이 있었다. 후에 조양자는 노나라에서 공자를 만났는데, 이때 공자는 이미 도처에서 벽에 부딪히며 정치적 지위를 얻기 위해 도모하던 망명생활을 끝내고 노나라에서 편안하게 교육과 전적을 정리하는 일에 종사하고 있었다. 공자를 만난 조양자는 아주 거만하게 물었다.

"선생께서는 대부분의 삶을 여러 나라에서 보내며 선생 나름대로의 생각을 가지고 70여 개 제후국의 임금을 만났습니다. 하지만 벼슬길에서는 어떤 일도 성취하지 못하였을 뿐만 아니라, 또한 선생을 기꺼이 등용하려는 임금도 없었습니다. 그 까닭이 세상에 혜안으로 현명한 인재를 알아보는 현명한 임금이 없어서인지, 아니면 선생의 치국治國의 도가 애당초 취할 점이 없어서인지 잘 모르겠습니다."

공자는 아무런 대답도 하지 않았다.

며칠 후 조양자가 자로를 만나 말하였다.

"며칠 전에 그대의 선생에게 하나의 문제를 가르쳐달라고 청했는데 그는 아무 말도 없었소. 이치를 알면서도 다른 사람에게 가르쳐주지 않는 것을 보면, 무언가 숨기는 것이 있다는 생각이 들었소. 사람들이 가르침을 청하는 일조차 모두 감추려고 한다면 어떻게 인仁 대해서 말할 수가 있겠소. 만약 그대의 선생이 이 문제를 모르고 있다면 무슨 근거로 그를 성인이라고 하는 것이오?"

자로는 조양자에게 반격하며 말하였다.

"만약 천하 사람이 모두 소리를 들을 수 있는 큰 종을 만들어놓고 가는 풀줄기로 그 종을 친다면 어떻게 소리를 낼 수 있겠습니까? 조양자 선생, 당신이 선생님께 가서 가르침을 청한 일은 마치 작은 풀줄기로 큰 종을 친 것과 같은 경우이거늘, 선생님께서 어떻게 당신에게 대답하실 수 있었겠습니까?"

진나라에서 저밖에 없다고 뽐내던 조양자는 자로의 말을 듣고 얼굴이

잿빛이 되어 황급히 돌아갔다.

—『설원說苑 · 선설善說』

68

외교 활동에 필요한 시가 교육을 중시하다

공리孔鯉는 공자의 유일한 아들로, 공자는 많은 제자들을 가르치는 동시에 공리가 시가를 배우는 데도 많은 신경을 썼다.

한번은 공자가 공리에게 물었다.

"『시경詩經』 가운데 「주남周南」·「소남召南」을 배웠느냐? 이것은 대단히 중요한 내용을 담고 있다. 만약 배우지 않았다면, 이는 마치 얼굴을 벽으로 향하고 길을 걷는 바보와도 같아서 한 발자국도 걸어 나갈 수가 없다."

공자는 왜 이런 말을 했을까?

원래 시에 관한 지식은 공자가 제자들에게 가르치는 주요 내용이었으며, 시가에 정통하는 것은 외교 활동을 하는데 있어 절대로 없어서는 안 될 재능이었다. 이 때문에 공자는 그의 아들을 훈계하였던 것이다.

당시에는 외교적인 관습에 의해, 널리 유행한 시가가 외교 활동에 응용되었다. 교섭하는 쌍방은 때때로 이미 지어진 시가를 빌려 교묘하고도 적당하게 자신의 의도를 표현하였으며, 혹은 시가 가운데 역사적 고사나 경전의 이치를 가지고 상대방을 반박하기도 하였다. 상대방 또한 민첩하고도 교묘하게 이미 지어진 시가를 빌려 상대방에게 회답하였는데, 이렇게 해야만 비로소 교양이 있다고 여겨졌으며 국가의 체면을 잃지 않을 수 있었다.

『좌전左傳』에 의하면, 노 양공襄公 27년 봄에 진나라 대부인 조맹趙盟이 정鄭나라를 통과하였는데, 정나라 임금이 연회를 베풀어 그를 초대하였다. 당시는 진나라와 초나라가 패권을 다투던 시기였는데, 진나라의 세력이 대단히 강성하였다. 때문에 조맹은 득의만만한 모습이었다. 조맹은 연회석상에서 자리를 같이 한 정나라의 일곱 대부에게 시를 지어 그들의 생각이 어떠한지 물었다. 일곱 대부는 각각 『대아大雅』와 『주남周南』의 시편들을 읊었다. 자전子展은 『주남周南』의 「초충草蟲」을 읊었고, 백유伯有는 『용풍鄘風』의 「순지분분鶉之賁賁」을 읊었으며, 자서子西는 『소아小雅』의 「서묘黍苗」를 읊었다. 자태숙子太叔은 『정풍鄭風』의 「야유만초野有蔓草」를 읊었고, 인단印段은 『당풍唐風』의 「실솔蟋蟀」을 읊었으며, 공손단公孫段은 『소아小雅』의 「상호桑扈」를 읊었고, 조맹 또한 「습상濕桑」 가운데 마지막 장을 읊었다. 조맹은 각 대부가 읊은 것에 대해 한 차례 평가를 내렸는데, 이는 참으로 주제넘은 행동이었다.

공자는 제자들이 이러한 외교 활동 속에서 여러 가지 뛰어난 재능과 지식을 갖추기를 희망하였는데, 시가에 대한 이해와 숙련된 응용이 바로 그러한 재능 중 하나라고 생각하였다. 그래서 제자들에게 시가를 교육하는 일을 대단히 중시하였다.

공자의 제자 중에는 자금子禽이라는 인물이 있었는데, 그는 공자가 시가를 가르치는 일에 있어 아들만 편애하는 것이 아닌가 의심이 들어, 공자의 아들 공리를 만났을 때 일부러 물어보았다.

"백어白魚, 공리의 자야! 선생님께 어떤 특별한 가르침을 받았는지 말해줄 수 있겠니?"

그러자 공리가 성실하게 대답하였다.

"특별한 것이 없습니다. 단지 한번은 아버지께서 홀로 정원에서 계시다가 제가 공손하게 그 앞을 걸어갈 때 '시를 배웠느냐?'라고 물으시기에 '아직 배우지 않았습니다.'라고 대답하였더니 '시를 배우지 않으면 이야기를 나눌 수가 없다.'라고 말씀하셔서 저는 물러나와 곧 시를 배웠습니다. 그리고 또 한 번은 '예를 배웠느냐?'라고 물으시기에 '아직 배우지 않았습니다.' 라고 말씀드렸더니, '예를 배우지 않으면 사회에 설 수가 없다.'라고 말씀하셨습니다. 그래서 저는 그 자리에서 물러나와 예를 배웠습니다. 만약 아버지께서 저에게 뭔가 특별하게 가르치신 일이 있다면 분명 이 두 번의 일일 것입니다."

자금은 공리의 말을 듣고는 대단히 기뻐하며 신이 나서 동학들에게 말하였다.

"나는 공리에게 하나를 묻고는 오히려 세 가지를 얻었다네."
동학들이 물었다.

"자네가 얻은 세 가지가 무엇인가?"

자금이 말하였다.

"첫째, 시의 장점을 잘 배워야 하고, 둘째 예를 배워야 하고, 셋째 선생님처럼 덕행이 높으신 분은 설사 자신의 아들이라 하더라도 편애를 하지 않으신다는 훌륭한 도리를 알게 되었네."

공자는 일찍이 제자들에게 이렇게 말하였다.

"젊은이들이여! 너희들은 많이 배우고 시가를 연구해야만 한다. 시가는 사람의 상상력을 불러일으키며, 사람들을 고무시키고, 사람들에게 거울이 되며, 또한 사람들이 서로 융합하여 화목하게 지낼 수 있도록 한다. 시가를 통해서 좋지 않은 정치를 풍자할 수 있으며, 집에서 어떻게 섬겨야 하는지, 조정에서 어떻게 임금을 대해야 하는지를 가르쳐준다. 아울러 시가를 배우게 되면 나는 짐승이나 걸어 다니는 짐승, 그리고 꽃·새·물고기·벌레의 이름들도 많이 알게 된다."

공자는 제자들에게 시가를 가르치기 위해 민간에서 유행하던 시가들을 정리하여 삼백 편의 시를 담은 시가총집 『시경』을 편찬하였다. 『시경』의

첫 편에는 아름다운 민가인 「관저關雎」편이 실려 있는데, 시의 내용은 다음과 같다.

두 마리의 물수리 구욱구욱 지저귀고
물가 가운데 모래톱에서 천천히 걷고 있네.
아리땁고 선량한 아가씨는
바로 장부의 좋은 배필이네.
물속의 마름풀이 올망졸망하고
물결 따라 흔들리네.
아리땁고 선량한 아가씨는 꿈속에서도 사랑하는 사람을 부르네.

이렇게 아름다운 아가씨를 어디에서 찾을 것인가?
나는 일어났다 누웠다 잠을 이루지 못하네.
저녁시간은 왜 이리도 긴가!
몇 시에나 날이 밝을 것인가!

물속의 마름풀은 올망졸망하여
왼쪽에서 뜯고 오른쪽에서 고른다.
아리땁고 선량한 아가씨는
종과 북이 맞아 기쁘다네.

공자는 이 민가를 몹시 좋아하였으며, 시를 읊은 후에는 이렇게 감탄하였다고 한다.

“「관저」에서 표현한 정서는 대단히 즐겁고도 순진하다. 조금도 퇴폐하지 않으며 조금도 슬프지 않다.”

—『논어論語 · 양화편陽貨篇』, 『논어論語 · 자로편子路篇』,
『좌전左傳 · 양공이십칠년襄公二十七年』

69

학문하는 자는 도의를 지켜야 한다

자로가 말하였다.

"어떤 사람도 고통으로 즐거움을 삼을 수 없고 안빈낙도安貧樂道, 가난한 처지에서도 평안한 마음으로 도를 지켜 즐김 할 수 없으며 살신성인할 수 없다면, 다른 이가 '그는 의를 보고 용감하게 행동할 수 있다.'라고 말하면서 죽는다 하더라도 나는 그를 믿지 않을 것이다."

춘추시대에 오자서伍子胥가 아버지의 원수를 갚기 위해 오나라 군사를 이끌고서 초나라를 공격하여 영도郢都를 점령하였다. 이때 초나라에는 신포서申包胥라는 대부가 있었는데, 그는 기꺼이 위험을 무릅쓰고 진나라로 가서 도움을 청하였다. 그는 진나라 조정에서 칠 일 낮밤을 통곡하여 눈에서 피눈물이 흘렀는데, 이것이 진왕을 크게 감동시켜 마침내 진나라가 군대를 내어 초나라를 돕게 되었다. 그가 고통을 즐거움으로 삼지 않고 완강함을 보였다면 어떻게 이러한 일을 해낼 수가 있었겠는가?

일찍이 증자는 항상 남루한 옷을 입고 음식은 겨와 나물, 멀건 국물만 먹어 배가 고팠다. 하지만 제나라가 그를 초빙하여 경卿으로 삼으려 할 때, 도의에 맞지 않는다고 하여 초빙을 거절하였다. 안빈낙도하지 않고 지조를 지키지 않았다면, 어떻게 이러한 일을 할 수 있었겠는가?

상나라 주왕이 주색에 빠져 난폭한 행동이 날로 심해졌기 때문에 미자微子가 여러 차례 간언을 하였다. 그러나 주왕이 끝내 자신의 말을 듣지 않자 미자는 자신을 보호하기 위해 태사, 소사와 도모하여 숨어버렸다. 비간은 왕이 자신의 말을 듣지 않자 마침내 배를 가르고 죽어버렸다. 백이와 숙제는 도의에 따라 주나라 곡식을 먹지 않고 수양산에서 굶어 죽었기 때문에 아름다운 명성을 얻을 수 있었다. 죽음을 가볍게 여기고 살신성인할 수 없었다면 어떻게 이러한 일을 할 수 있었겠는가?

그러므로 어진 선비와 인에 뜻을 둔 사람이 의를 세우고 도를 행하고자 한다면 어렵고 쉬움을 신경 쓰지 않아야 그것을 실천할 수 있으며, 입신양명하려 한다면 이익과 손해를 고려하지 않아야 성취할 수가 있다. 그러므로 의지가 굳은 군자가 아니라면 누가 그것을 실천할 수 있겠는가?

왕자 비간比干은 죽음으로써 자신의 충성을 표현하였고, 백이와 숙제는 죽음으로써 자신의 결백을 주장하였고, 미생尾生 역시 죽음으로써 그의 성실과 믿음을 표현하였다. 그들 모두는 천하의 밝은 지혜에 통달한 선비들이었다. 이들이 자신의 몸과 생명을 아낄 줄 몰라서 그렇게 하였겠는가? 그것은 분명 아니다. 도의가 확립되지 못하고 명예가 실추되는 것은 선비에게 가장 큰 치욕이다. 그래서 그들은 차라리 죽음으로써 자신의 맹세를 실천하는 편이 낫다고 생각한 것이다. 그러므로 비천하고 가난한 것은 선비의 치욕이 아니다. 선비가 부끄럽게 여기는 것은 성실하면서 착한 사람 가운데 들지 못하고, 신실한 사람 가운데 들지 못하며, 청렴한 사람 가운데 들지 못하는 것이다. 이 세 가지는 어떻게 일을 행하느냐에 따라 아름다운 명성이 되어 후세까지 전해져 해와 달과 함께 빛날 수 있는 것이다. 비록 자신이 어둡고 부패한 사회에 처해 있다 하더라도 자신의 명성을 더럽힐 수는 없는 것이다. 이는 사람이 죽기를 원해서가 아니며, 또한 부귀를 싫어하며 가난을 원해서도 아니다. 다만 도의에 따라 결정하는 것이다.

그래서 공자께서는 "풍부한 재물을 구할 수 있다면 시장에서 문을 지키는 사람이라도 하겠다. 그러나 만약 구할 수 없다면 나는 내가 하고 싶은 일을 하겠다. 이것이 바로 대성인의 지조이다."라고 말씀하였다.

—『설원說苑 · 입절편立節篇』

70

활쏘기로 도리와 인예仁禮를 깨우치다

공자가 확상矍相의 채소밭에서 활쏘기를 할 때, 구경하는 사람들이 많아 그 모습이 마치 활터 주위에 벽을 쌓아놓은 것 같았다. 사마가 사례射禮활을 쏠 대에 행하는 의식를 주관할 차례가 되었을 때, 공자는 활을 손에 쥔 자로를 보내 활쏘기 대회에 참석한 사람들에게 선포케 하였다.

"대저 싸움에서 패한 장군이나 이미 멸망한 나라의 대부, 그리고 다른 사람의 후사가 된 사람들은 이곳에 들어올 수 없지만, 그 외 사람들은 모두 들어올 수 있습니다."

자로가 말을 마치자 모였던 사람 가운데 반이 그곳을 떠났다. 공자는 또 공망구公罔裘와 서점序點 두 사람을 파견하여, 술이 가득 찬 큰 잔을 들고서 사람들에게 선포하도록 하였다. 이때 공망구가 술잔을 들고 대중들에게 말하였다.

"젊은이들은 부모에게 효도하고 윗사람을 공경해야 하고, 노인들은 예의를 좋아하고 비열하지도 저속하지도 않게 수신하여 예교禮敎, 예에 대한 가르침를 받들어 행하고 죽음에 이르러서도 초심初心을 바꾸지 않아야 비로소 사례에 참가할 수 있습니다."

그러자 또 반이나 되는 숫자가 그 자리를 떠났다. 계속해서 서점이 술잔을 들고 사람들에게 말하였다.

"발분發憤, 마음과 힘을 다하여 떨쳐 일어남하여 배우고 가르치는 일을 지겨워하지 않으며, 언제나 변함없이 예의를 좋아하여 팔구십 세, 심지어 백세에 이르러서도 예교를 받들어 행하면서 마음이 흐려지지 않는 사람만이 비로소 사례에 참가할 자격이 있습니다."

서점의 말이 끝나자 그곳에 남아 있는 사람은 거의 없었다.

왜 이렇게 된 것일까? '활쏘기'에 대한 지나친 조건이 사람들의 마음을 가로막았기 때문이다. '사射'는 '진술하다', 혹은 '석방하다'라는 뜻을 가지고 있다. 소위 진술이란, 각자가 자신의 뜻을 자세히 말하는 것이다. 활을 쏠 때에는 마음을 안정시키고 태도를 단정히 한 후에 활을 꽉 잡고서 목표를 정확하게 겨냥해야 한다. 활을 굳게 잡고 목표를 정확하게 겨냥하면 과녁을 맞힐 수 있다. 이 때문에 아비 된 자는 화살을 목표에 맞히는 것을 부모의 책임으로 여겨야 하고, 아들 된 자는 화살을 목표에 맞히는 것을 자신의 책임으로 여겨야 하며, 한 나라의 군주 된 자 역시 화살을 목표에 맞히는 것을 군주의 책임으로 여겨야 하고, 신하된 자 역시 화살을 목표에 맞히는 것을 신하된 자의 책임으로 여겨야 한다. 이런 까닭에 천자가 거행하는 대사大射를 '사후射侯'라고 부르는데, '사후射侯'란 바로 활쏘기를 통하여 어떻게 제후가 되어야 하는지를 배우는 것이다.

천자가 제사를 거행하려고 할 때에는 택궁澤宮에서 먼저 활 쏘는 연습을 해야 한다. '택擇'이란 재능이 있는 사람을 선택한다는 의미이다. 택궁에서 활쏘기를 마친 후에야 비로소 사궁射宮에 가서 정식으로 활쏘기를 할 수 있다. 과녁을 맞히는 사람은 제사에 참가할 수 있지만, 과녁을 맞히지 못한 사람은 제사에 참가 할 수 없다. 이때 천자는 제사에 참석하지 못하는 자들을 질책하고 아울러 그들의 토지를 삭감한다. 작위를 올리거나 봉지封地를 삭감하는 것은 바로 상과 벌을 분명히 하는 것이다.

그러므로 남자가 태어나면 그들에게 뽕나무로 만든 활과 갈대로 만든 육근六根 화살을 주어 천지와 동서남북 각 방향에다 활을 쏘게 한다. 이는 천지와 동서남북이 모두 남자가 재능을 펼치는 장소이기 때문이다. 이렇게 태어나면서부터 뜻을 세워 천지와 동서남북의 일에 종사한 후에 비로소 양식을 준비해주는데, 이것은 먹을 것을 준다는 의미이다.

활쏘기는 인仁을 표현하는 하나의 방법이다. 활쏘기를 잘 하고자 하면, 활을 쏘기 전 먼저 생각과 신체를 단정히 해야 한다. 만약 쏜 화살이 과녁에 맞지 않았다면 자신을 이긴 사람에 대해 원망하지 말고 자신에게서 그 원인을 찾아야 한다.

공자가 말하였다.

"도덕과 수양을 갖춘 사람은 다른 사람과 어떠한 것으로도 겨루지 않는다. 만약 반드시 겨루어야 한다면 그것을 활쏘기로 표현한다. 활을 쏘기

전에 그들은 서로 예양禮讓, 공손한 태도와 사양하는 태도을 하고 사대射臺, 활을 쏘는 장소에 오르며, 활쏘기가 다 끝난 후에는 함께 술을 마시는데, 이런 그들의 겨룸은 군자의 풍도風度, 풍채와 태도를 표현하는 것이다."

—『공자가어孔子家語 · 관향사편觀鄕射篇』

71

번지는 본래 농사법을 배우고자 한 소인이었다

사학을 창설한 것은 춘추시대 이전에는 없던 일이었다. 공자는 "누구에게나 차별 없이 교육을 한다."라는 원칙 아래 제자들을 불러 모았는데, 더욱이 이것은 전대미문前代未聞의 대단한 사건이었다. 이 때문에 공자의 문하로 들어온 제자들은 천태만상千態萬象이었다. 그러나 공자는 그들 한 사람 한 사람에 맞는 교육방식을 채택해 모두를 지식의 전당으로 이끌었고, 마침내 그들이 학문과 예술에 깊은 조예와 성취를 이루도록 하였다.

번지樊遲는 바로 이런 공자의 교육을 전형적으로 보여주는 문하생이었다. 번지는 제나라 사람으로 하층민 출신이었다. 그는 공자가 어떤 지식을 가르치고 있는지를 몰랐기 때문에 공자에게 달려와 오곡을 심는 일을 배우려고 하였다. 그러자 공자가 말하였다.

"오곡을 심는 것을 말하라고 하면 나는 농부보다도 못하기 때문에 나에게 배울 필요가 없느니라."

번지는 잠시 생각을 하고는, 채소 심는 일을 배우고자 하였다. 그러자 공자가 말하였다.

"채소 심는 일을 말하라고 하면 나는 채소를 심는 농부보다도 못하기 때문에 나에게 배울 필요가 없느니라."

번지가 나간 후 공자는 탄식하며 번지가 소인이라고 말하였다. 여기서 "소인"이란, 번지가 대단한 견식을 가진 사람이 아니라는 뜻이지, 그의 인격에 문제가 있다는 말이 아니다.

그렇다면 공자가 당시에 가르쳤던 것은 어떠한 지식들이었을까? 공자는 당시에 『시詩』·『서書』·『예禮』·『악樂』·『춘추春秋』 등의 책들을 교재로 삼아 제자들에게 예악제도와 정치를 하는 원칙, 그리고 수신修身하는 방법 등을 가르쳐, 이후에 그들이 현명한 군주를 보좌하여 하나의 공적을 이룰 수 있기를 희망하였다. 그러므로 공자는 번지가 밭에 씨를 뿌리고 채소 심는 일을 배우려 한 것에 대해 당연히 불만을 표시할 수밖에 없었다. 그러나 번지는 결국 공자의 가르침을 받고 학문을 성취하여 72명의 현인 대열에 들게 되었다.

—『사기史記·중니제자열전仲尼弟子列傳』

72

공자의 교육은 최초의 개인교육이었다

서주와 동주 시대의 교육은 주로 귀족을 위한 것이었고, 가르치는 기관 역시 나라에서 주관하는 것이었다. 공자가 시작한 교육은 최초의 개인교육이라 할 수 있는데, 교육과정 중에 공자는 배우는 사람에 맞게 교육할 것을 강조하였다. 그는 개인에 대한 교육을 대단히 중시하여 제자의 소질과 특징에 따라 서로 다른 교육 방법을 활용하였다. 즉, 가능한 개인이 선천적으로 가지고 태어난 장점을 발휘하도록 도왔다. 그래서 그는 평상시 일부러 제자들을 능력과 특징에 따라 분류하고 비교하였으며, 아울러 때때로 제자들을 일깨워 그들이 자신의 단점을 피하고 장점을 발휘하도록 하였다.

자로와 염유는 둘 다 정치를 할 능력이 있는 제자들이었지만 그들에 대한 공자의 지도방법은 달랐다.

한번은 자로가 공자에게 물었다.

"선생님, 제가 만약 좋은 건의를 듣게 된다면, 즉시 그것을 실행해야

합니까?"

공자가 대답하였다.

"어떻게 그렇게 할 수 있겠느냐? 네 아버지와 형은 너보다 나이가 많으며 경험 또한 많고 체험한 것 역시 풍부할 테니, 당연히 너는 그들에게 먼저 가서 가르침을 청한 후에 다시 실행해야 하느니라."

동일한 문제를 가지고 염유가 물었을 때에 공자는 오히려 다음과 같이 대답하였다.

"너는 좋은 의견을 듣게 되면, 당연히 즉각적으로 그것을 실행하여 조금이라도 지체해서는 안 된다."

공자의 또 다른 제자였던 공서화公西華는 똑같은 문제에 대한 답이 다른 것을 보고 도무지 이해가 되지 않아 공자를 찾아가 그 이유를 물었다. 그러자 공자가 다음과 같은 답을 하였다.

"염유의 성격은 우유부단하기 때문에 그가 좀 더 용감하고 좀 더 과감할 것을 격려하려고 하였다. 이와 반대로, 자로는 성질이 급하고 일 처리가 매우 경솔하기 때문에 그에게 신중할 것을 깨우치려고 했던 것이다."

공서화가 마음속에 품었던 의심은 공자의 대답으로 깨끗이 사라졌다.

본래 정치에 참여하는 능력 면에서 자로와 염유 사이에는 각각 높고 낮음이 있었다. 바로 이러한 이유 때문에 가끔씩 서로 뜻이 맞지 않는 일이 발생하였는데, 그러나 이런 것도 공자의 가르침이 있으면 마치 일어나지 않은 일처럼 깨끗이 해결되었다.

어떤 때 공자는 적당한 방법으로 자로의 급한 성질을 누르기도 하였는데, 한번은 공자가 여러 제자들과 함께 앉아서 이야기를 나누고 있다가 일부러 이런 말을 하였다.

"만약 나의 주장을 실행할 수 없다면 나는 뗏목을 타고 해외로 나가 표류할 수밖에 없다. 그때 나와 함께 가기를 제일 먼저 원할 사람은 아마도 중유일 것이다."

자로는 이 말을 듣고 마음이 들떠서 자기도 모르게 득의양양하였다. 공자는 자로의 모습을 보고 이어서 말하였다.

"중유야, 너는 이기기를 좋아하는 것이라면 나보다 훨씬 뛰어나다. 그러나 그것 외에는 칭찬받을 만한 장점이 아마도 없을 것이다."

공자의 말을 들은 자로는 들뜬 상태에서 정신을 바짝 차려 자신의 부족함을 깨달았다. 공자는 때때로 자로를 억제시켜 그가 함부로 날뛰지 않도록 하였다. 그러나 염유에게는 자로와는 달리 늘 용기를 북돋아주어야만 했다.

염유는 일찍이 공자에게 말하였다.

“저는 선생님께서 말씀하시는 도리를 좋아하지 않는 것은 아니나, 실행을 하고자 할 때 어떤 때는 힘이 마음을 따르지 못하는 것을 느낍니다.”

공자가 대답하였다.

“만약 힘이 부족하다고 말한다면, 길을 반쯤 가다가 잠시 멈출 수 있다. 그러나 지금의 너는 근본적으로 앞으로 걸어갈 생각을 하지 않는 것이니, 무슨 힘이 마음을 따르지 못한다고 말하느냐?”

—『논어論語 · 옹야雍也, 선진先進, 공야장公冶長』

73

눈물을 흘리며 노래 부르던 성인이 세상을 떠나다

노년老年의 공자는 마음이 몹시 편치 못하였다. 평소 그와 마음이 통하던 친구들이 세상을 떠나고 가장 총애하던 안회와 자로마저도 세상을 떠나고 없었기 때문이다. 이것은 그에게 커다란 충격을 주었다. 비록 자공이나 자하와 같이 젊은 제자들이 항상 그를 모시고 있었지만, 노년의 공자는 점점 깊은 고독감에 빠져들었다.

그는 일찍이 자공에게 말하였다.

"아무도 나를 이해해주지 않는구나! 나는 하늘을 원망하지 않을 뿐만 아니라 어떤 사람도 탓하지 않는다. 일생 동안 열심히 배워 이만큼 성취하였으니, 다만 하늘만이 이를 알 것이다!"

어느 날, 공자가 자공에게 말하였다.

"나는 지금 말조차 하기 싫구나."

자공이 피곤한 기색이 역력한 공자의 얼굴을 보고 말하였다.

"선생님, 만일 선생님께서 더 이상 말씀하지 않으신다면, 앞으로 우리는 무엇을 가지고 행동의 기준을 삼겠습니까?"

공자가 말하였다.

"하늘이 언제 말을 하더냐? 봄·여름·가을·겨울은 자연의 이치에 따라 스스로 운행하고, 만물 역시 자연의 법칙에 따라 스스로 성장하는데, 하늘이 무슨 말이 필요하겠느냐?"

노 애공哀公 16년기원전 479년 봄, 쇠약해진 공자는 마침내 병을 얻었다. 어느 날 자공이 아침 일찍 공자를 보기 위해 들어섰는데, 공자가 지팡이에 기댄 채 문 앞에 서서 멍하니 먼 곳을 바라보고 있었다. 그런데 그 모습이 마치 누군가를 기다리고 있는 듯하였다. 공자는 자공을 보자 조금 책망하는 투로 말하였다.

"사야! 너는 어째서 이렇게 늦게 왔느냐?"

말을 채 마치기도 전에 공자는 이미 눈물을 흘리고 있었다. 자공이 급히 다가가 부축하자. 공자는 떨리는 목소리로 읊조리기 시작하였다.

"태산이 무너지려고 하네.
동량棟梁이 부러지려고 하네.
지혜로운 철인아!
초목처럼
곧 시들려고 하네!"

자공은 처량한 노랫소리를 듣자, 견디기 힘든 슬픔이 복받쳐 올라왔다. 그는 공자의 병이 이미 위중한 상태에 이르렀음을 직감할 수 있었는데, 이전의 공자는 이처럼 비관적인 모습을 보인 적이 없었다.

자공은 공자를 부축하여 방 안으로 모셔 쉬도록 하였다. 공자는 문을 마주보고 앉아 혼잣말로 중얼거렸다.

"내가 곧 어디를 가려고?"

잠시 후, 자공에게 말하였다.

"예법에 따르면, 하 왕조 때는 사람이 죽으면 관을 집 안 동쪽 계단에 놓았으며, 주대에는 서쪽 계단에 놓았다고 한다. 은대에는 관을 두 기둥 사이에 놓았다고 하는데, 내가 어젯밤 꿈속에서 두 기둥 사이에 앉아 사람들의 제사를 받고 있는 모습을 보았다. 이것은 어떤 징조임이 틀림없다. 지금까지 나를 중용할 어진 임금이 아무도 없었으니, 이 하늘 아래 또 누가 있어 나의 주장을 들어주겠는가? 나는 오래 살지 못할 것 같구나."

이날 이후 공자는 병이 깊어져 자리에 누워 일어나지 못하게 되었다. 그리고 칠 일 후 제자들이 비통해 하는 가운데 조용히 세상을 떠났다. 그의 나이 일흔셋 되던 해였다.

공자가 세상을 떠나자 제자들은 마치 제 부모를 잃은 듯 애통해 했다. 당시 노나라 임금 애공이 친히 공자를 위해 제문을 지었다.

"하늘이여! 너무 몰인정하십니다.
덕망 높은 노인의 명을 거두어 가시고,
저 혼자 외롭게 남기셨군요.
앞으로 어떻게 합니까?
아아! 슬프도다.
공자여!
나는 앞으로 누구에게 가르침을 얻으란 말인가!"

공자의 시신은 지금의 산동성 곡부현曲阜縣 북문 밖 사수泗水가에 장사를 지냈다. 후인들은 이곳을 일러 공림孔林, 혹은 공리孔里라고 부른다. 전설에 의하면, 공자를 장사 지낼 때 사수도 슬퍼하여 흘러가지 않고 멈추었다고 한다.

—『논어論語 · 헌문편憲問篇, 양화편陽貨篇』,
『좌전左傳 · 애공십육년哀公十六年』, 『예기禮記 · 단궁상檀弓上』

편저자

임진호
현재 초당대학교 국제교류교육원장과 국제문화대학원 주임교수로 재직하고 있으며, 주요 저역서로는『신화로 읽는 중국의 문화』,『문화문자학』,『문자학의 원류와 발전』,『중국근대문화개론』,『1421년 세계 최초의 항해가 정화』 등 다수의 저역서와 논문이 있다.

김소정
중앙대학교를 졸업하고, 현재 중국관계 통・번역가로서『여행 중국어 다이어리』등의 저서 출간을 비롯해 다수의 통・번역 작업과 교육기관 및 단체의 통・번역 업무에 활발하게 참여하고 있다.

공자 — 인생과 삶의 지혜

2018년 12월 15일 초판인쇄
2018년 12월 24일 초판발행

편저자 임 진 호・김 소 정
펴낸이 한 신 규
편 집 김 영 이
펴낸곳 글터
주 소 138-210 서울특별시 송파구 동남로11길 19(가락동)
전 화 Tel.070-7613-9110 Fax.02-443-0212
E-mail geul2013@naver.com
등 록 2013년 4월 12일(제25100-2013-000041호)

ISBN 979-11-88353-03-3 03820 **정가** 15,000원